MILLENNIUM
HAVSÖRNENS SKRIK

ミレニアム 7
鉤爪に捕らわれた女

上

カーリン・スミルノフ

山田 文　久山葉子訳

早川書房

ミレニアム7

鉤爪に捕らわれた女

〔上〕

HAVSÖRNENS SKRIK
by
Karin Smirnoff

Translated by
Fumi Yamada & Yoko Kuyama
First published 2024 in Japan by
Hayakawa Publishing, Inc.
This book is published in Japan by
direct arrangement with
Hedlund Agency.

装幀／早川書房デザイン室

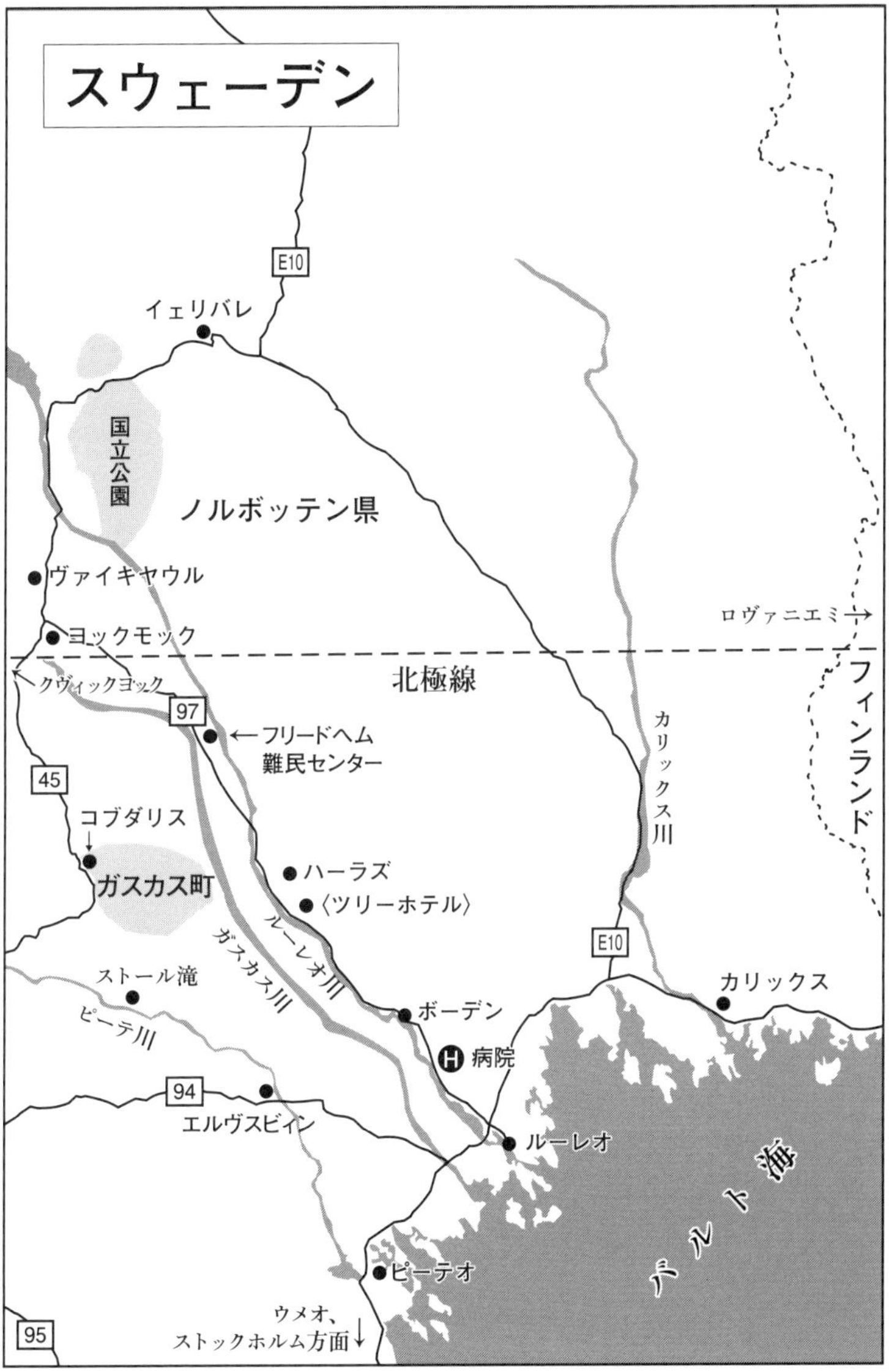
スウェーデン
E10
イェリバレ
国立公園
ノルボッテン県
ヴァイキヤウル
ヨックモック
ロヴァニエミ→
北極線
←クヴィックヨック
97
←フリードヘム
難民センター
カリックス川
フィンランド
45
コブダリス
ガスカス町
ハーラズ
〈ツリーホテル〉
ルーレオ川
ガスカス川
E10
ストール滝
カリックス
ピーテ川
ボーデン
病院
94
エルヴスビイン
ルーレオ
バルト海
ピーテオ
ウメオ、
ストックホルム方面↓
95

登場人物

ミカエル・ブルムクヴィスト……『ミレニアム』の共同経営者・記者
エリカ・ベルジェ……同編集長・共同経営者
アニカ・ジャンニーニ……ミカエルの妹。弁護士
リスベット・サランデル……背中にドラゴンのタトゥーのある女。ハッカー
ペニラ……ミカエルの娘
ルーカス……ペニラの息子
ヘンリィ・サロ……ペニラのフィアンセ。ガスカスの町長
マルキュス・ブランコ……ブランコ・グループ代表
〈クズリ〉
〈狼〉
〈熊〉
〈山犬〉
〈大山猫〉……ブランコ率いる騎士団のメンバー
ペーデル・サンドベリ……麻薬の売人
メッタ・ヒラク……ペーデルの元妻。サーミ人女性
スヴァラ・ヒラク……メッタとロナルド・ニーダーマンの娘

エリアス・ヒラク
ペール＝ヘンリック・ヒラク
ラウラ・ヒラク
（以上三名）……メッタの兄妹

イングヴァル・ベングトソン……元公安警察勤務の心理学者。通称ＩＢ
マーリン……イングヴァルの娘
ドラガン・アルマンスキー……警備会社ミルトン・セキュリティーの社長
マリアンヌ・リエカット……風力発電所建設予定地の地権者
カタリーナ・ダ・シルヴァ……ガスカス町の法務担当者

エルシー・ニィベリ
エリック・ニスカラ
（以上二名）……福祉局の職員

ハンス・ファステ……ガスカス警察重大犯罪班のリーダー

イェシカ・ハルネスク
ビルナ・ギュードムンドゥルドッティル
（以上二名）……ガスカス警察の警察官

ヘンケ……イェシカの元夫
フレイ・アールッド……フリードヘム難民センターの職員
ソフィア・コナレ……難民のマリ人少女
プレイグ……リスベットの友人。ハッカー

海中から、
常緑の大地がふたたび
浮き上がるのが、
わたしには見える。
滝はたぎりおち、
鷲は上空を飛び、
山に休み魚を狙う。

「巫女の予言」『エッダ――古代北欧歌謡集』（谷口幸男訳、新潮社、一九七三年）

第一章

　掃除屋は腕時計を見つめる。餌の台に大きな肉の塊を載せてから四十一秒で一羽目の鷲が着地する。雌だ。

　どこから来たのか正確にはわからない。近くの木にとまっていたのかもしれない。あるいは二千メートル上空を飛んでいたのかもしれない。視力は人間の二百倍も鋭いから、何キロメートルも離れた場所から獲物にズームインできる。掃除屋自身は餌から五十メートルのところに隠れていて、双眼鏡で食事のようすを追う。

　死肉。鷲にとってはおやつ。男は鳥たちに愛情を感じているが、それは父親のような気持ちではない。そんな気持ちを男は知らない。それでも鳥たちをわが子と思わずにはいられない。

　眠りにつく前には鳥たちのことを考える。目を覚ましてまず考えるのも鳥たちのことだ。薪《まき》を割ったり、鳥たちの食事を準備したり、火を熾《おこ》したり、日々の暮らしに欠かせないありとあらゆる仕事をしながらも考えている。交尾はしただろうか。ひな鳥は生きのびたのか。食べ物は充分見つけられるのか。冬は無事に越せるだろうか。大丈夫。今年はハタネズミがそこそこいるから、ちゃんと手助けしてやれば乗り切れる。

男はこぶしで目をこすった。高く昇った日が背中をあたためている。こんなに暖かい日はこの秋最後だろう。でもかまわない。男には家がある。忘れ去られし世界の片隅に。〝家〟というほどの代物ではないが。一九六〇年代はじめに最後の森林労働者が去り、この地域が国立公園に指定されて以来、誰も住んでいなかった丸太小屋だ。

古い森や湖、沼地、山がいびつに入り組んだ険しい土地で、ここへつづくまともな道もない。けもの道を除けば、古い小道がかすかに残っているのが見える程度で、それすら大自然によってほぼかき消されている。移動手段といえば徒歩か四輪バイクくらいで、道を知らなければそれも無理だ。最寄りの国道からゆうに十キロメートル離れていて、普段の行動範囲はせいぜい小屋から半径二キロメートルほど。初めて来たころは、迷わないように木の枝で目印をつけた。そのおかげで小川で魚を釣り、倒れた木を薪にして、ちょうどよくひらけた土地で鳥や小さな動物を狩ることができた。

小屋は男の聖域だ。近代的なものといえば、携帯電話の充電に使うディーゼル発電機があるくらいだ。ここでは男は何者でもない。名前も経歴も未来もない、ただの男。一日一日を過ぎゆくままに暮らしている。はやく床につく。夜明けには起きる。善悪を深く考えることもなく、必要なことを淡々とこなす。

丸太の壁には日付が彫りつけられている。それに名前も。ほかの孤独な男たちからの、未来へのメッセージ。オロフ・ペーション、一八八一。ラーシュ・ペーション、一八九〇。スヴェン＝エリック

・エスコラ、一九一〇など。だが、孤独とは相対的なものにほかならない。自分自身、鳥、木、岩のほかに誰と話すこともなく、数カ月が過ぎることもある。それでもいまがいちばん孤独を感じない。子ども時代が追いついてきたかのようだ。日を追うごとに、森が逃げ場だった少年に戻っている。春にはじっと座りこみ、クロライチョウの求愛ダンスを見て、この世の仕組みを学んだ少年。母狐が子狐を世話し、ヤマアリが群れをなして移動して、キクイムシがトウヒに穴を掘って進むのを目で追う少年。

少年には父がいる。図体の大きな悪魔で、腕はどこにだって届く。少年には母がいる。母のことは誰も気にとめない。少年には兄がいる。父が帰宅すると、兄は〝逃げろ〟と言い、少年は森に駆けこむ。

少年はヒメアシナシトカゲを捕まえる。それがしっぽを捨てて逃げると、また捕まえる。鞘《さや》からナイフを引き抜き、頭を切り落として、すべてが静寂に包まれる。少年自身がその静寂だ。

少年はヒメアシナシトカゲを石の上に置く。トウヒの幹にもたれ、ズボンでナイフの刃をぬぐう。指の爪にそれをこすりつける。鋭い刃には自由が宿っている。誰もそれを奪えない。

別の鷲が飛んでくる。今度は若い雄だ。性的に成熟した個体は腹部に白い毛があるが、それは見られない。黄色いくちばしも。おそらく去年生まれたばかりだろう。あるいはせいぜい二歳。男はノートに記す。珍しいがときどきある、と彼は書き足す。南へ移動することなく、若い鷲が生まれた場所にとどまることが、と。問題か病気を抱えているのか。クエスチョンマーク。要観察。エクスクラメーションマーク。

雌は餌に夢中で、若い雄に見向きもしない。雄は肉のまわりをまず旋回し、それからやっと着地した。もう骨のかけらぐらいしか残っていない。雌は雄にそれをつつかせる。どちらの鷲もそれを引っぱり、引き裂いて、やがて腱が骨からはずれ、スパゲティのように二羽の喉にするする呑みこまれていく。

わずか数分でその日のクライマックスは終わった。男はノートと魔法瓶をリュックに入れる。ライフルのストラップを肩にかけ、隠れ場所から這《は》いでた。いつものように右脚が後れをとる。右脚はみずからの手で家のほうへ向けなければならない。帰路はけもの道だ。シラカバ、ハンノキ、ヤナギはすでに葉が落ちている。コケモモをひとつかみ取り、ほろ苦い表情を浮かべる。ほろ苦いのは、蓋つきのプラスチックバケツに残った小さな肉片のにおいも同じだ。トウヒの下にいるとうまくカムフラージュされるが、それでもにおう。一度にすべてを餌の台に載せてしまえばいいのだが、それができない。男には鷲との時間がすべてだ。鷲のために息をし、食べ、眠り、排泄している。明日もここへ来るのだろう。そのとき、男の電話が鳴った。番号を知っているのはひとりだけだ。男が電話をかける相手もひとりしかいない。

「ああ」男は言う。「明日の朝。わかった」

いつもより寒い朝だ。薪を二本余分に加え、コーヒーカップで両手をあたためる。時間どおりに国道へ出るには、そろそろ出発しなければならない。途中で何があるかわからない。四輪バイクが故障するかもしれないし、地面が水に浸かっているかもしれない。

最初の数キロメートルは歩いて、四輪バイクを隠している場所へ向かう。あくまで用心のためだ。

ありそうもないことだが、仮にバイクが見つかっても小屋や男と結びつけるのは不可能だろう。

歩きながら、男は海鷲を探す。この先に巣がひとつあるのだが、鳥の姿は見えない。残念だ。海鷲がいたら気分が晴れ、生きる支えになっただろう。不安なわけではないが、それでも。海鷲は前兆だ。よい前兆。

隠し場所へたどり着くと、トウヒの枝を払いのけて四輪バイクを出し、前の荷物ケースへリュックを入れて、待ち合わせ場所へ出発する。

地面はそこそこ乾いていて悪くない。すべて計画どおりにことが運ぶ。十分前には到着し、道路から見えないところで待った。国道に出る遮断棒のところまで四輪バイクを走らせて、帰りに備えて向きを変える。

車はすでにそこにとまっている。配達するのはいつも同じ人間だ。掃除屋は男のことを配達屋という名でしか知らない。配達屋は男のことを掃除屋という名でしか知らない。互いのことは知らない。わずかに言葉を交わすだけだ。

「誰の命令だ?」掃除屋は尋ねる。

答えを聞いて安心する。命令の鎖《チェーン》が短いほうが、鎖の輪も少なくてすむ。

今回は必要なものをいくつか頼んでいた。ウイスキーのボトルを一本、生鮮食品を多少。それに、いつものとおり新聞。掃除屋はそれを荷物ケースに詰めこみ、車のところへ戻る。

配達屋は後部座席から自分の配達の品を引っぱりだす。

女だ。珍しい。両手を背中で縛られていて、頭には袋がかぶせられている。女の口がテープでふさがれていることは知っている。

「好きにしていい」配達屋が言う。「おまえの自由だ」

好きにしていい。仕事をやり遂げるかぎりは。

掃除屋のもとへやってくるのは、何かをやらかした人間だ。その意味では、良心の呵責《かしゃく》はない。男は性的殺人犯でもサイコパスでもない。おそらく世間からは、卑しい本能のままに行動する殺人犯と見なされるだろうが。

男と雇い主のあいだには取り決めがある。向こうが約束を守るかぎり、男のほうも約束を守る。

「この女は何をした?」この一度だけ男は尋ねる。女だからかもしれない。配達屋がひさびさの話し相手だったからかもしれない。

「いつものだ。それ以上は知らん」配達屋は言い、掃除屋はそれを信じる。相手がそこまで知っていることに驚いた。いやそれどころか不安すら覚える。

掃除屋が四輪バイクにまたがると、配達屋が手を貸して彼の前に死体を置く。女よりも死体と呼ぶほうがふさわしい。

「バンドでちゃんと留めといてくれ」掃除屋は言う。「これでよし。な、かわい子ちゃんよ? 落っこちてもらっちゃ困る」

別れの挨拶《あいさつ》に手をあげ、掃除屋は四輪バイクを小屋へ走らせる。

バイクを隠しているあいだ、死体は木にくくりつけて立たせている。まったくの無言ではない。かすかな泣き声をあげている。まるで病気の猫のようだ。病気の猫は始末しなければならない。やはり海鷲の姿は見えない。

「さあ行くぞ」男は死体を自分の前へ押しやる。こいつは自分ほど元気ではないようだ。最後の数メートルは、脚のうしろを蹴って前へ進ませなければならない。

普通、死体は小屋へ入れない。今回は例外だ。それをベッドの上に押しやり、自分は椅子に座る。

「仕事前のお楽しみといくか、な？」男は死体に尋ねる。「それに、もう少し火に薪をくべたほうがいいかもな。ここは寒いと思わねえか？」

猫は鳴き声をあげる。男はものが硬くなるのを感じる。どのみち女は女だ。

死体のズボンとショーツを剝《は》ぎ取る。服の下のものを見て興奮する。そこそこ若い死体だ。おそらく三十五。四十をこえることはない。歳は関係ないが。

はじめはゆっくり時間をかけ、いわばこの眺めを楽しもうと思っていたが、あまりにも興奮して辛抱できない。食品用ラップをある程度の長さ引きだして切る。こいつがどんな病気を持っているか、わかったものじゃない。勃起したものにそれを二周ほど巻きつけ、死体の位置を調整して、挿入にぴったりの角度に横たえる。

「何日か小屋にいてもいいんだ、仲よくやろうじゃねえか」男は教会のキャンプに参加中の童貞のようなぎこちない動きを見せる。そして挿入すらしないうちにいく。

呼吸が落ちついて欲情が収まると、死体が尿を漏らしているのが目にとまる。

ベッドに漏らしやがった。これですべてが決まった。

「仲よくするのはここまでだ」男は自分のズボンをあげ、死体の出発準備をする。

死体はろくに歩けない。気を失いかけているので、男は予定していたほど遠くへは行かないことにする。また木に縛りつけ、銃を入れている布バッグの紐をほどく。

美しい機械をじっと見る。サイレンサーを取りつけ、両手で厳《おごそ》かにピストルをかかげる。これからおこなう聖なる行為のために。

ニャオ。子猫はもう苦しまなくていい。

第二章

彼らは寒い車内に一時間以上座ったまま、家が無人になるのを待っている。

車は川へつづく脇道を少し入ったところにとまっている。納屋の裏で家からは見えない。だが彼らからは車で出入りする者がみなよく見える。まず女が後部座席に子どもを乗せて走り去り、いまあの男も出ていく。

彼らがここに車をつけるのは、今回が初めてではない。

任務を遂行することなく車で町へ戻るたびに、スヴァラはほっとする。とはいえガスカスのはずれで車から降ろされ、家まで歩かなければならない。ママ・メッタの家まで。行方をくらませたママ・メッタの家はシャーデル通りにあり、いまは代わりに祖母が移ってきた。

祖母はまったく問題ない。ママ・メッタが一切しないことを祖母はする。料理をし、掃除をして、おしゃべりでアパートをにぎやかにする。いつものことだ。ママ・メッタはときどき姿を消して数日後に帰ってくる。どこにいたのかは話さない。ただ、今回はいつもとちがう。ハンドバッグを肩にかけてスヴァラの頭にキスし、〃すぐに帰ってくるからね。ちょっと煙草《たばこ》を買いに行くだけ〃と言ってから、もう一ヵ月近く経つ。

スヴァラは、自分の部屋のものには一切触れるなと祖母に伝えている。学校に行っているあいだに掃除したり脱いだ服を集めたりしないでほしいと。手をつけられずに残っているのはこの部屋だけだ。縞模様のベッドカバーに横たわると、ママ・メッタがまた姿を現わす。スヴァラのデスクに座り、宿題の添削をするふりをしている。スヴァラの髪をなでて言う。「給料が入ったら、楽しいことしよ」

楽しいこととは、たとえばアリエプローグに行ってホステルに泊まること。

楽しいこととは、たいてい〈ボンジョルノ〉でピザを食べること。この店はナポリからピザ職人を連れてきた。ママ・メッタはシリア人だろうと言い張るけれど。

「どうでもいいじゃん？」スヴァラは言う。「あたしはヴェジタリアーナにする」

チーズが熱い。口のなかをやけどする。スヴァラはコーラのおかわりを頼む。ママ・メッタは二杯目のワインを。グラス一杯と二、三口飲んだころには上機嫌になる。知り合いのことを笑う。ずっと昔にあったことを話す。たとえば、レストランにやってきてはライチョウを注文するラップ人の老人のこと。その老人はライチョウのお尻に人さし指を突っこんで、どこで撃たれたかわかると言い張る。アルヴィズヤウルだったたか。ママ・メッタの記憶は不確かだ。でも、スヴァラが口を挟むと怒る。目がさらに細くなり、スヴァラの手を乱暴につかんで強く握る。「あなたもサーミ人でしょ。ラップ人なんてひどい呼び方はしないの。忘れちゃだめ。自分のルーツに誇りを持ちなさい」

ルーツがなんだというのか。母は行方がわからず、父は死んだ。祖母は狭心症だ。兄弟姉妹も近い親戚もいない。少なくとも自分とかかわりを持ちたがる親戚は。

「リスベットのほかはね」祖母が言う。

「で、誰よ、リスベットって」

「リスベット・サランデル。あんたのお父さんの腹ちがいの妹」

「はじめて聞いた」

「お母さんはニーダーマン家とはかかわりを持ちたがらなかったからね」祖母は言う。「まあ無理もないけど」

「どうして？」スヴァラは尋ねたが、ちゃんとした答えは返ってこない。

「何もかも大昔のことで、話してもしょうがないよ」祖母は言って、この話はここまでという顔をした。そしてスヴァラの手相を指でなぞる。

「長生きするね」祖母は言う。「子どもは少なくとも三人。どこかで大きな変わり目がある。そのあとはぜんぶうまくいくよ」

〝子どもは少なくとも三人〟。自分みたいなのを、さらにこの世に送りだす？　そんなことは望んでいない。でも大きな変わり目って……

スヴァラは、すでにその変わり目が訪れているように感じる。秋の木々が色鮮やかに燃えたっている。その炎を絵に描きたい。目は幾千もの色彩を感じとれる。葉のかたちを筆で描き、それをとらえたい。

前の座席のうさんくさいやつらの名前は知らない。だが、裏で手を引いているやつは知っている。継父ペーデル。ろくでなしの継父。ぜったいに〝お父さん〟や〝パパ〟なんて呼ばない。

ここ数年はいっしょに暮らしていないが、アシの茂みで腹を空かせたカワカマスのように、すぐそこに潜んでいる。とくにここのところ、ママ・メッタが行方をくらませてからは。


ソーシャルワーカーの女性が、お母さんは死んだと覚悟しておいたほうがいいとスヴァラに言った。

「なんで死んだの？」スヴァラは尋ねる。

「お母さんには問題があったの」

「自分の意思で消えたわけじゃない」

「親には子どもが知らないこともあるの」

「あんたの場合はそうかもね」


車の前のドアが閉まり、後部座席のドアがあく。スヴァラに連れができた。

「怖いのか？」男が言う。

「まさか」スヴァラは答える。

「こうしたら痛いか？」男はスヴァラの腕をねじあげる。

「まさか」スヴァラは言う。

男はさらに身体を近づけ、スヴァラの肩に腕をまわして引きよせる。

「時間が足りねえのが残念だ。おまえはあれやこれやがうまそうだからな。ガリガリなのが玉に瑕《きず》だが」男はスヴァラの肩を乱暴におさえる。「かなりキュートだ」

もう片方の手でスヴァラのあごをつかみ、自分のほうへ顔を向けさせる。スヴァラは必死に目を合わせないようにする。

「しくじったら、どうなるかわかってんだろうな」男は自分の喉に指を走らせる。スヴァラは相手の息を嗅《か》がないように息を止める。いまいましいペーデルやその仲間と同じように、この男も磨いていない歯、アンモニア、煙草の悪臭を漂わせている。

心臓がドキドキする。だがこれでもましなほうだ。ママ・メッタのように無駄死にはしない。ともかく。抵抗せずには。

無力かもしれないが、スヴァラにはふたつの強みがある。ふたつ目は痛みを感じないこと。いくらでも叩けばいいし、焼けばいい。腕をへし折られても脚を砕かれても、顔色ひとつ変えない。喉を締めつけられたって、なんの苦痛も感じない。

いちばんの強みは、うまく説明できないがただそこにある。質問される前から答えがわかるのだ。〝おまえは目があるから見えるんじゃない〟とママ・メッタは言う。〝見えるから目があるんだよ〟と。

〈ボンジョルノ〉では、毎回コーラをおかわりできたわけではない。移動遊園地で見せ物にされた背の高いサーミ人少女と同じぐらい、ピザの端切れのために一生懸命働いてもいた。

さあさあ寄ってらっしゃい、クリスティーナはもう二メートル十八センチもあるけれど、まだ背が伸びてる。

さあさあ寄ってらっしゃい、スヴァラをルービックキューブで負かしたら千クローナだ。

スヴァラはけっして負けないが、いちばんの見せ物は、それとはまったく別のものだ。

このピッツェリアは普通の店ではない。室内の漆喰壁がアーチ状のドアロになっていて、ドリンクの冷蔵庫がうるさい音をたてているピッツェリアとはちがう。〈ボンジョルノ〉のテーマは、アメリカン・マフィアの世界だ。壁にはアル・カポネ、ジョニー・トーリオ、ラッキー・ルチアーノ、ジョー・マッセリアといったギャングの写真がかけられ、映画のスチル写真、服、銃口をふさいだ古い銃が飾られている。

店の片隅には金庫があるが、現金やダイヤモンドではなく、皿やカトラリーが収められている。

思いついたのは継父ペーデルだ。スヴァラがもらったことのある唯一のプレゼントがまさにそれだった。金庫だ。大きくはないが重たい。肝心なのは、ロックされていること。

「おれも何が入ってるのかわからんが」ペーデルは言う。「暗証番号を解いたら中身をやる」

スヴァラは十歳で、ペーデルが嘘をついているのはわかっていたが、それでもやってみずにはいられない。スヴァラの指と頭には特別な何かがある。ビンゴのボールのように、目の前に数字がちらつく。そんなふうにスヴァラには見える。というか感じられる。何度か試して情報を整理する。ペーデルが横でもどかしげに足を動かしている。

暗証番号がぴったり合ったのを感じたとき、スヴァラはペーデルのほうを向いて言った。無理、できない。どうすればいいのかわからない。

どんな仕打ちを受けてもおかしくない。ペーデルは激怒して、いつものように怒鳴りつけてくるかもしれない。最近はあまりされなくなったけれど、平手打ちされるかもしれない。あるいはドアを思いきり閉めて出ていき、その勢いで廊下の照明が天井にぶつかるかもしれない。

スヴァラはじっと座って耳を澄ます。ペーデルが確実にアパートを出ていったのを感じると、金庫の扉をわずかにあけた。

なかには現金が入っている。見たこともない額だ。座って五百クローナ札を数えていると、気づかないうちにペーデルが目の前に立っていた。

このときにはすでに、身体への暴力はスヴァラになんの効き目もないことがわかっていた。スヴァラを痛めつけることはできない。だが、それによってママ・メッタがいっそう痛みを覚える。

「おまえを懲《こ》らしめなきゃならんのはわかるだろう」ペーデルは言う。「耳をふさいでも無駄だ」

数年後、ペーデルはピッツェリアの金庫のことで名案を思いつく。客が暗証番号を選び、スヴァラがそれを当てる。スヴァラはときどきコインを一、二枚もらう。あるいは、何かの拍子にペーデルの貪欲な目を逃れたチップを。スヴァラはそのお金を、ベッドに置いた毛むくじゃらの猿のぬいぐるみに入れる。縫い目をほどき、詰め物を少し取りだして、また縫う。

第三章

いったい何を期待していたのか。十八時十一分発スンツヴァル、ウメオ、ルーレオ、キルナ行きの列車は出発が遅れ、三度目のアナウンスで出発予定時刻が十九時三十四分に変更された。ミカエル・ブルムクヴィストは〈ルゼッテ・ブラスリー〉に席を見つけ、ビールを注文する。

ストックホルム中央駅で時間を潰すのは、普段ならそれなりの息抜きになる。腰をおろして自分の世界に閉じこもる。人の流れを見つめる。だが今晩はそんな気分じゃない。あまりにも疲れていて、周囲になんの興味も湧かない。さまざまな理由で疲れている。ほとんどがなじみの理由だ。仕事が多すぎる。仕事でごたごたが多すぎる。夜は遅くなり、睡眠は不足していて、締め切りは迫っている。

いつだって『ミレニアム』だ。どんな恋人にもかなわない恋人。家族、友人、ガールフレンドと競いあってもかならず最優先される相手。彼女が廃刊になったいま、それだけの値打ちがあったのか自分に問わずにいられない。値打ちはあった。あったと躊躇《ちゅうちょ》なく言える。『ミレニアム』はミカエルにとって空気だ。血管を流れる血だ。誰もが完璧な夫や一家の大黒柱になれるわけではない。すてきな一軒家のきれいに掃き清められた門の外の世界が実際どんなものか、完璧な夫や大黒柱たちに誰かが伝えなければならないのだ。ミカエルは、自分もその〝誰か〟だと思っている。

だからこそ、それが終わった事実を受けとめるのはとてもむずかしい。悪、不正、ありとあらゆるでたらめがいまでも社会にのさばっているのに、誰もそれにかまうエネルギーがない。仕事を終えてオフィスから帰宅し、ウイスキーを一杯注いでメールを確認し、夕食後にはパデル（テニスとスカッシュを合わせたようなラケットスポーツ）を一試合やって眠りにつく。ミカエルの知人のほとんどが、こんなふうに狭苦しい世界で暮らしている。みんな生活にストレスを感じている。最も身近な人のことしか気にかけられず、それすらおぼつかないこともある。それに加えて正義の僕《しもべ》になるなど、ただただ論外だ。

ミカエル・ブルムクヴィストは独りではない。だが、孤独だと感じる。そんなことはいままでなかった。

着信履歴をスクロールする。エリカ・ベルジェからはまだ連絡がない。編集部のほかの面々からも。

ビールを飲み終えると売店へ向かい、テイクアウトのコーヒーと『モーニング・スター』紙を買う。ある記事に夢中になる。イギリスの鉱業会社がノルボッテン県での操業に向けて入札したという。そのせいで声に気づくまでに少し間《ま》があいた。

「兄さん、ねえ、兄さんったら」

目をあげる。妹のアニカだ。「こんなところで何をしてるんだい？　オーレにいるんじゃなかったのか？」ミカエルは尋ねる。

「ええ、でも仕事でちょっと問題があって、列車で戻ってこなけりゃならなかったの。いま着いたとこ。兄さんは？　誰か待ってるの？」

「列車が遅れてるんだ」ミカエルは言った。「ちょっとはやめに行こうと思ってね。おまえたちも結婚式には来るんだろう？」

「うちのファミリアは行くけど」アニカは言う。「わたしはあとで合流する。ペニラのフィアンセには、まだ会ってもいないし」

「まだ誰も会ってないんじゃないかな。で、何かあったのか？」

「いいえ」アニカは言う。「ええと、まあね。でも話せない」

「おいおい、そりゃないだろ」ミカエルは言う。「何も言えないってことはないだろう？」

「まあ、単にへまをした政治家のことよ」

ミカエルは話のつづきを待ったが、アニカの口からは何も出てこない。妹のことは知っている。黙っていると決めたら、何をしたって話させることはできない。

「おまえはスパイに向いているね」ミカエルは言う。

「そう？」アニカは笑う。「どうしてスパイなの？」

「拷問されたって、ひとことたりとも口を割らないだろ」

ふたりとも口をつぐみ、スーパーのカートに所持品すべてを入れた男が通りすぎるのを見つめる。腰に問題があるようだ。カートが歩行器の役目も果たしている。

「知ってた？　毎晩、掃除をする一時間は、守衛がベンチで寝てる人をみんな追い出すんですって」アニカが言う。「その一時間がどれだけ長く感じられるか想像できる？　そもそもホームレスの人が暮らす場所を社会が見つけられないなんて、とんでもない恥よね」アニカはつづける。「なかには支払いを滞納しただけでここにいる人もいるのに。それ以外の人はまあ……」

「で、どの政治家のこと？」ミカエルが話を遮る。

「もういいでしょ」アニカは別れ際に兄を抱きしめた。「そのうち新聞で読むことになるんだから。ペニラによろしく」そして早足で立ち去ってしまった。

発車のわずか数分前、ミカエルはスーツケースを手になんとか客車へ乗りこみ、一等車の切符を買わなかったことをたちまち後悔した。少なくとも寝台が三つだけの個室にしておくべきだった。ここでは六人の男がシーツを広げていて、カオス状態だ。ミカエルは二段目の寝台にスーツケースを置いてショルダーバッグを手に取り、揺れる客車を抜けて食堂車へ歩く。ビールとサンドイッチを買って空いている席へ向かうと、ちょうどほかの客がそこへ座った。

「まったくついてない」ミカエルが口に出して言うと、上着の袖を引っぱられる。

「いっしょにどうです。同じ客室ですね」男が言う。たしかにベッドのカオスのなかにいた男だ。さっきは一杯すすめられて断った。距離を保っておこうと、必要以上にぶっきらぼうに。

「IBです」男は手を差しだす。

「MB」ミカエルは答え、サンドイッチのビニール包装を剝がしながら、どこまで行くのかと訊いた。イェヴレあたりでさっさと降りてくれればいいのだが。

「ボーデンですよ」男はグラスをかかげる。「どちらまで？」

どうしてあんなに憶えにくい地名なのか。レルスビィン、フィンビィン、ストールビィン――エル、、ヴ、ス、ビ、ィ、ン、だ。

「エルヴスビィンです。娘が結婚するのでね。相手はガスカス出身の子で。いやガスカスの男と言ったほうがいいか」ミカエルは言い直す。ヘンリィ・サロは若い男の子ではない。

「ガスカスなら、あなたもボーデンで降りたほうがいい」IBが言う。「それがいちばんはやい。レールバスが乗り換えなしでガスカスまで行くんだ」

「エルヴスビィンまで迎えにきてもらうことになってるんです」ミカエルは携帯電話にかかりきりになる。

義理の息子になるヘンリィ・サロについては、ネット上でいろいろなことが書かれてきた。ガスカスの町長。その職に就いたのは比較的最近だ。どの写真でも満面に笑みを浮かべていて、人気者のように見える。まあ、娘が選んだ相手だ。もちろん悪い相手じゃない。見た目はいい。少しよすぎるぐらいだ。ペニラに問題があるわけではないし、サロの顔そのものが気がかりなわけでもない。引っかかるのは彼の物腰、ボディランゲージだ。奨学金をもらう若者を祝福しているときでも、公園の開園式でも、いつでも写真のいちばん前にしっかり収まるその態度だ。

〝彼はルーカスによくしてくれるの〟。電話で話すたびに、ペニラは言う。ミカエルはいつもこう答える。〝信じてるよ〟。だが電話を切ると不安になる。あの子。自分の孫。ミカエルはルーカスとほとんど会ったことがなかった。昨年の夏までは。

はじめは子どもの面倒を見ている暇はないと断ったが、ペニラはあくまで譲らなかった。

「何かお願いしたことなんて、これまでないでしょ」

たしかにそのとおりだ。娘とはあまりかかわってこなかった。いつも何かしら邪魔が入った。たいてい『ミレニアム』だ。だから、ペニラが南スウェーデンのスコーネで研修を受け、サロがヘルシンキで会議に出席する二週間、息子を預かってほしいと頼まれたときも、にべもなく断った。うまくいくはずがない。時間がない。次の木曜に締め切りが控えている。子どもの扱いにも慣れていない。

だがルーカスはやってきた。サンドハムンで船を降り、ペニラは同じ船ですぐに町へ戻った。

二週間後、ミカエルが別れのハグをしたとき、少年は帰るのをいやがった。あるいは、この子を離したくないのは自分のほうだろうか？　心が空っぽになる。ルーカスの存在がそこらじゅうに感じられる。その前の数カ月間、ミカエルの身体にインフルエンザのようにしつこく居座っていた憂鬱《ゆううつ》を追い払ってくれた。ただ子どもらしくいることで。無意識の衝動に従って早起きし、可能性に満ちた新しい一日をはじめる。〝人生への情熱だ、ミカエル・ブルムクヴィスト。おまえにもそれが必要だ〟

「またすぐに会える」ミカエルは少年に言う。「そうだ」ずっと昔に祖父からもらって以来、絶えず身につけていたネックレスを外した。シンプルな銀のチェーンに十字架、錨、ハートがついたもの。それをルーカスの首にかける。

「いまからおまえのだ」ミカエルは言う。「たいていのことからは守ってくれる」

少年の答えはいまでも頭から離れない。「だけどぜんぶじゃないんだね」

ミカエルはガスカスの地方紙『ガスカッセン』のニュースフィードをスクロールする。芸のない名前の新聞。見出しを見てほほ笑む。エルク幼稚園がアイロンビーズの作品を売り、収益はすべてウクライナへ。地元ホッケーチームはビョークレーヴェンに負け、ゴールキーパーが退場処分。いかめしい顔をしたサロがＶＩＰ席にいて、ほかのいかめしい男たちに囲まれている。地元の大立者。いまでもそんなふうに呼ぶのだろうか。その町や本人の利益にきわめて重要な男たち。

ある見出しに目がとまる。『ガスカッセン』ではなく別の新聞だ。「ミーミル鉱業が採掘許可を取得へ」

小さいほうの写真には、サロの満足そうな顔が写っている。大きいほうの写真には、プラカードを持って抗議する人たち。

「このこと、知ってます？」ミカエルは写真を見せる。

「もちろん」ＩＢは言う。「親父が鉱山で働いてたからね。ガスカスの男はたいていそうだが。そこもキルナ鉱山のようになると期待されていたんだがね、七〇年代にはもう鉄鉱石が尽きて、鉱山は水が溜まるがままにされた。現場から機械類も回収せずに」

「じゃあ、どうして再開しようとしてるんです？」

「昔の鉱山を再開する計画はありませんよ。イギリス人が数キロ先の地域で試掘をしているんだ。そこで露天掘りの鉱山をつくりたいんだな。いまのところ県の行政委員会はノーと言っていて、もっともな判断です。湖が破壊されてガスカスの飲用水が危険にさらされるし、トナカイ所有者は、いつものように放牧が立ち行かなくなる。でも例によって、大きな金が絡むとノーと言っても誰も聞かない。すでに委員会のメンバーを入れかえていて、ミーミル社は前向きな結果が出ることをあらかじめ知らされているようだ」

「わかりやすい話だな」ミカエルは言う。

「ガスカスはギャングの巣窟ですよ、ご存じかもしれないが」ＩＢは言う。「まあとにかく、ガスカスの当局はそう言える」ビールを数口飲み、ひげについた泡をぬぐって、また少し飲む。「腐敗したご都合主義者の肥溜《こえだめ》ですよ」そうつけ足して二度ほどげっぷをし、瓶に残ったビールを飲み干して次の瓶をあける。「当局はたいていなんでも承認してしまって、進行中の計画は鉱山だけじゃないんだ。次のプロジェクトはヨーロッパ最大の風力発電所なんだがね、とんでもない話だよ。数十平方キロメートルの広大な土地が事実上、工業地になるわけだ」

ミカエル・ブルムクヴィストは笑みを浮かべる。マルメも肥溜だ。ストックホルムだって。それと比べたら、人口二万人ほどのガスカスは楽園の子羊小屋も同然だろう。

「どうしてガスカスにつくるんです？」ミカエルは尋ねる。

「電力が豊かにあるからだよ」ＩＢは言う。「安くて安定した電気のある自治体が、グローバル市場を支配する、知らないのかね？　あの地域に進出しようと熱心な外国企業がたくさんある」

「ええ、知ってます、でも雇用が生まれるのなら、ノルランド地方にとっていいことにちがいない」

「あなたは南の人だろう、わかりますよ。あなたがたはいまだに、ノルランドの人間は南へ仕事を見つけに行かなきゃならんと思いこんでいる。でも、仕事の口はかなりたくさんあるんだ。場所によっては、労働者の数より求人のほうが多いぐらいでね。それにガスカスの鉱山がひらいたら、恩恵にあずかるのは地元の人間ではない。東欧やストックホルムからくる低賃金労働者だよ。週末は自宅に帰り、地元の教会には登録されないやつらだ」ＩＢはぶつぶつ言い、窓の外を通りすぎる田舎の風景に目をやる。

ミカエルはその隙にＭａｃを取りだして画面をひらき、相手とのあいだにちょうどよい高さの壁をつくる。

『ミレニアム』の最新号が刊行された。最新号であり最終号。ＰＤＦをひらき、写真も短い説明文もない白黒の表紙をじっと見る。一九三九年の雑誌のような表紙で、わざとそうしたのだ。文字はまばらで、見出しはひとつだけ。〝ひとつの時代が終わったが、闘いはつづく〟

三十一年を一時代と呼んでよいものか。まあいいのだろう、だがついに立ち行かなくなった。ミカエル・ブルムクヴィスト自身も認めざるをえない。

紙の雑誌は廃止され、ポッドキャストとして復活する。ポッドキャスト！　口にするだけで鼻で笑ってしまう。文字は時代遅れになり、いまはミカエル自身も含めて互いを遮るように話さなければいけない時代なのだ。考えるだけでうんざりする。

〝あなたも歳ね、ミカエル〟。エリカ・ベルジェに言われた。〝歳をとって気むずかしくなってる。雄山羊《ヤギ》みたいにね。これからはポッドキャストだけじゃなくて、ブログもやるしブイログもやるわよ〟

なんて答えたかって？　きみみたいな老雄羊は、ソーシャルメディアがまっとうなジャーナリズムの代わりになれないことを知っておくべきだと言ってやった。〝いったい何を考えてるんだ？　どれだけみじめなことか、わかってるのか？　ポッドキャストなんて子どものお遊びだ。自信過剰な二十歳の子がメイクや摂食障害について語るためのものだ〟

それ以来、ふたりは話していない。自分から連絡をとるつもりはない。そのことはエリカにもはっきりさせておきたい。

「どうぞ」ＩＢが言う。ビールをさらに二本買っていて、ミカエルに一本差しだす。「しっかり飲めば、まあ眠れる」

「ネットの接続がひどいな」ミカエルは人さし指でキーボードをつつく。

「申し訳ないね、でもこれはノルランドの列車だってご存じだろう？」ＩＢが言う。「Ｗｉ－Ｆｉなんてない」

ミカエルはノートパソコンをバッグにしまって席を立とうとしたが、男はまた口をひらく。

「ガスカスじゃ奇妙なことが起こっているんだ。人が消えている。新聞を取りにいった男たちが家に帰ってこない。少年たちは学校へ向かって……」男は最後まで言わない。

「かならずしもおかしなことじゃないでしょう。失踪者の九十五パーセントは自分の意思でいなくなるっていいますしね」

「かもしれん」ＩＢは言う。「でも残りの五パーセントはどうかね？」

ビールごしに顔を見あわせる。

「さあね」しばらくしてミカエルは言う。「どうお考えです？」

「金だよ。何もかも金が絡んでいる。どう稼ぐのか。使うのか。増やすのか。隠すのか。借りをつくるのか。すってしまうのか。さらに借りができる。そして姿を消す」

「ドラッグのことですか？」

「それだけじゃない」ＩＢは答える。「ガスカスもイェルフェッラのようになりはじめてはいるがね。若者が薬漬けになって死んでいるのに、警察はどうすればいいのか見当もつかない」

「悲しい話だ」ミカエルはぬるくなったビールの最後の数滴を飲み干す。

「ひどくなる一方だよ、嘘じゃない」ＩＢはつづける。「金が北へやってくると、ごろつきどもがあとについてくる。すでにバイク乗りのギャングも入ってきている。ストックホルムから直輸入でね」

「ヘルズ・エンジェルスか？」ミカエルは尋ねる。

「いや、何か別の名前だったな、それも聖書からとったような。アバドン？　ゲヘナ？　ハデス？」

「スヴァーヴェルシェー（硫黄の海）？」

「そう、それだ」

　ガスカスについてのＩＢの話は正しいのかもしれないとミカエルは思いはじめた。スヴァーヴェルシェー・オートバイクラブ。信じられない。ずっと昔に地上から抹殺されているべきやつらだ。すぐにその名を携帯電話で検索する。最新の記事はこの夏のものだ。〝小児がん基金のためのツーリング〟

「ずるがしこい野郎どもだよ」ＩＢは言う。「行列をつくって町を巡り、金をとって大人や子どもを乗せる。集めた額の倍を自治体が補助する。ぜんぶで十四万クローナ集めて、がんの子どもたちに寄附したんだ。なんてやさしいやつらだ、ふん！」

「いやまったくだ」ミカエルはメンバーの顔を拡大しようとする。それから尋ねた。

「お仕事は何を？」

「何も。二年ほど前に引退してね」

「その前は？」

「心理学者ですよ。最後の二十年間は公安警察で働いていた」

「公安警察で心理学者は何をするんです？」

「まあ、いろいろだよ」ＩＢははぐらかすように答える。「犯罪プロファイリングが多い」

ミカエルは公安警察がいかに饒舌か知っている。つまり、まったく何も話そうとしない。ＩＢも例外ではないようだ。

「退職後にウプサラの女性と出会ってね。いまは遠距離夫婦ってとこだ」

その後は、たいして言葉を交わさなかった。おやすみなさい、お会いできてよかった、ビールをありがとう、ぐらいだ。

長い一日だった。このあともさらに長い日々が待ち構えている。ミカエルは服を着たまますぐに明かりを消して目を閉じた。眠れるとは思っていなかったが、元公安警察のＩＢが客室の扉を閉め、ミカエルの上の寝台にのぼるときには、もう眠っていたようだ。

「まだ起きているかね？」ＩＢは尋ねる。ミカエルはどう答えたものかと迷ったが、低い声で言った。

「ああ、うん」

「娘がいてね」男は言う。「夏はいっしょに釣りに、冬はライチョウ狩りに行く。昔から父親っ子で。手を使って何かをするのが好きな子でね。十五のときにはもう、家具職人のところで夏休みのアルバイトをはじめた」

「へえ、いいね」ミカエルはそっけない調子で言う。家族自慢を聞かされたくはない。

「ああ。息子のほうもとくに問題はないが。ただ、娘のマーリンは特別でね。あの子は、なんというのか、本当に善良なんだ。心がやさしいからこそ、危ないことに巻きこまれたのにちがいない。一日でがらりと変わってしまったんだ。高校卒業まであと半年だったのに、学校に行かなくなった。友だちにも会わなくなった。何があったのか話してもくれない。兄にさえね。列車でルーレオやカリックスまで行って、ときどき電話をかけてきて車で迎えにきてほしいと言う。甘やかしてはいけないと思ってね。自分でなんとか戻ってこいと言ったんだ。だが帰ってこなくて、何日も眠れない夜を過ごした。電話をかけつづけて、捜索願いも出して、あらゆる場所を捜した。帰ってきても、数日でまたいなくなった。二週間ほどして、ストックホルムからはがきが届いてね。元気だと。心の準備ができたら帰るからと書いてあって。それから長いこと連絡が途絶え、今度はいきなりガスカスに戻ってきたんだ。高校卒業資格を取るために、成人学校に登録した。ホッケーをはじめて、昔のあの子に戻った」

　男は口をつぐむ。周囲のいびきすらとまる。ラップランドの矢と呼ばれる列車は、野生動物のようになり声をあげて夜を走り抜ける。ようやくミカエルが口をひらいた。「それからどうなったんです？」

「姿を消した。二年前の話だよ。それ以来、誰にも連絡がない。音沙汰がなかったんだが、昨日、警察から電話があった。猟師が人間の遺体を見つけたらしい。警察はマーリンではないかと言う。これからDNAのサンプルを提供しに戻るところだ」

第四章

朝、テキストメッセージが届く。**[午後三時半に教会墓地。そこにいろ。さもなくば]**
さもなくば何？　スヴァラにはわからない。

それがはじまったのは、ママ・メッタが姿を消した直後だった。スヴァラがドアをあけると、男がふたり入ってくる。一年ほど前から、彼らのユニフォームに革のベストが加わった。背中に〝スヴァーヴェルシェーMC〟と書かれている。夏はアメリカのバイクでうろついているが、いまは冬だ。表にはエンジンがかかったままのダッジ・ラム（ピックアップトラック）がとまっている。

おまえはどうせわからんだろ。スヴァーヴェルシェーに入れるのがどれだけ名誉なことか。格式の高いクラブなんだ。そこらのハーレーダビッドソンのクラブとは全然ちがう。スヴァーヴェルシェーは独自の道をいってる。メンバーにとってはこのクラブがすべてだ。

それに中学生のクラブで指導もしてるしね、とスヴァラが言う。

そのとおり、ペーデルは言う。まっとうな職に就く正直な男たちだ。スヴァラは、ペーデルの仲間をアルファベット順に分類している。本名によってではなく人生のどの時期に出会ったかで、順番にアルファベットを振っている。

秘書のように正確に、スヴァラはノートに情報を書きこむ。完全なクソ野郎の見事な標本であるこのふたりは、前から知っているのでEとFというアルファベットを与えられている。

このノートは少なくとも七年前から使っているが、時間の経過とともに書き方は変わった。はじめのころは、「Eとハンバーガーの売店へ行った」とか、「Fはふたりきりのときはやさしい」といったことを書いていた。しかしいまは、アルファベットと知っている場合は本名、それにほかと見分けがつく具体的な特徴だけにしている。たとえば、Fには左のこめかみに紫色の小さなあざがある。Eは毛がどこにもなくてとんでもなく太っている、といった具合だ。

Eはスヴァラを押してソファへ座らせ、自分もその横に座って、腕をスヴァラの身体にまわす。Eの腋の下は汗で湿っている。

「おちびちゃん、調子はどうだ?」Eが言う。

「元気」スヴァラは言って息を止め、身体をよじって男の腕から逃れる。

「でだな」Eが言う。「おれたちには共通の問題がある。おまえのおふくろだ。おまえはかしこい子だから、居場所を知ってるにちがいない」

「知らない」スヴァラは言う。嘘ではない。スヴァラも夕方になると母を捜している。〈ボンジョルノ〉から出発して町のホテルまでまわるが、ママ・メッタを見かけた人はいない。

最近は捜索範囲を広げた。学校が終わるとすぐに町へ出る。店から店へと道の両側を行き来しながら歩き、〈オリエンス・ストア〉のなかを抜けて、図書館経由で町の酒屋へ行き、ＯＫガソリンスタンドへ向かう。

ときどき母を見つけたと思って安心が身体じゅうに広がるが、見まちがいだと気づくと、今度は失望が全身に広がる。

「メッタには金を貸してる」Ｅが言う。「たくさんな」

「だから？」スヴァラは言う。「あたしとなんの関係があるの？」

Ｅはまたスヴァラを抱きよせる。「コブダリスの丘でそりで遊んだの、憶えてるか？」Ｅは言う。そりでちょっと遊んどけ、わかったか？　片づけなきゃならんことが二、三ある。あとで迎えにくるから。

「おまえのことは好きなんだ、おちびちゃんよ。わかってるだろ。だが借金は借金だ。相続されるのは収入だけじゃない。おまえのおふくろがいなくなったら、おまえが払わなきゃならん。わかるよな、もちろん？」

「お金なんてないし」スヴァラは言う。「それに、おちびちゃんじゃないから」

「ああ、もちろんだ。いまはもう立派な女だ」Ｅは言って、スヴァラの頬をつねる。「立派な女は働ける。おふくろの仕事を引き継がなきゃならん。それだけのことだ。借金を返し終わるまでな」

「それは無理。学校があるんだから」

「わかってるよ。おまえは数字の天才なんだって？　ぴったりの仕事がある。その仕事をやれば借金は完済だ」

いまは車のなかで待機している。Ｆの話だと、この家に防犯ベルはないらしい。

「何を探してくればいいわけ？」スヴァラは尋ねる。

「金庫には何を入れる？　おちびちゃん。貴重品に決まってるだろ？　ぜんぶ持ってこい。おまえの身体は一ミリ残さずチェックするから、馬鹿なまねはするな。金、宝石、なんでもだ」

スヴァラは後部座席のドアをできるだけ静かに閉め、慎重に家へ近づく。二羽の鴉《からす》が木から木へ飛び移って、あとをついてくる。いいことだ。車や人が急に現われたら、鴉が警告を発してくれる。

住人のことは知らないが、家もまわりのものもすべて値が張りそうだ。ガスカスの普通の家は赤く塗られていて柱が白く、ナナカマドの生垣に囲われているが、この家は全然ちがう。

庭では黒い岩々の上を川が流れ、水が流れ落ちるにまかせている。まるで公園のようだ。十月の終わりで秋は深まっているが、いまでも薔薇がところどころで花を咲かせている。

ライオンの冷たい頭をなで、幅の広い踏段をのぼって玄関のベルを鳴らす。そういう計画だ。玄関のベルを鳴らし、家に誰もいないことを確かめる。万が一誰かいたら、アイスホッケー・チームのチケットを売りにきたふりをする。でなければ侵入して、Ｄから渡された手書きの見取り図にしたがう。

誰も玄関をあけない。スヴァラは扉を確認する。鍵がかかっている。裏へまわってテラスのドアを確認する。そこも鍵がかかっている。地下室の扉がある西側へ行って階段を降りるが、その扉も施錠されている。階段の奥の隅に指を走らせる。

〝ママのためにやってるんだからね、ママ・メッタ。お願い、なかに入れて〟

扉には窓がついていて、木枠で小さく区切られている。少女の腕を入れるには充分な大きさだ。スヴァラは上着の袖で手をくるみ、ガラスを割った。内側のドアノブを探すうちに、ガラスの破片が生地を突き破る。袖の裏地に血のねばつきを感じる。錠を探りあて、まわしてなかに入った。

暗闇に目が慣れる。ゆっくり階段をのぼる。のぼりきったところの扉の前でしばらく立ちどまり、明るい玄関へ足を踏みだした。大理石の床で影が揺れる。靴を脱ぎ、手わたされたごく簡単な見取り図を取りだす。開封していない破産管財局からの封筒の裏に、線を何本か走り描きしただけのもの。

その部屋は二階にある。まるで有名作家ヤン・ギィユーのお宅紹介の雑誌記事を切り抜いたような部屋だ。動物の剝製がきれいに並んでいる。ほとんどは壁に、ほかは床や棚に置かれていて、そのうつろな目がスヴァラを追う。スヴァラはまた別のライオンの頭をなでる。

金庫はクローゼットのなかにあった。スーツをわきによけてひざまずく。

色がちがうほかは、ピッツェリアのものと変わらない。デジタル機能はなく、数字と文字だけだ。指でボタンに触れる。目を閉じて、迷路のまんなかに立つ自分の姿を思い描く。上から見ると、迷路は脳を部屋や小部屋に仕切る皺《しわ》だと解釈できる。通路はほとんどが行き止まりで、ほかも堂々めぐりになる。前へ進めるのは数本しかない。

感覚がひとつひとつ遮断されていく。嗅覚、聴覚、触覚、それに外の世界を見る視覚。鼓動が遅くなり、脈拍は最低まで落ちる。

尋ねられたら、これは理にかなっているとスヴァラは言うだろう。エネルギーを身体のさまざまな感覚や器官に均等に配分するのではなく、一点に集中させる。目が内面を見る能力に。

尋ねた人はおそらくその理屈に疑問を投げかけ、それらしい空想だと一蹴するだろうが、動かぬ事実なのだ。実際にそうなる。内面へのまなざしに鍵はいらない。経験による裏づけも研究チームも必要ない。この世のあらゆるものから切り離され、その目の主である動物だけが支配できる。この場合はスヴァラだ。

金庫の扉が、かちりと音をたてる。

座ったまま耳を澄ませる。家のなかは、まだ静まりかえっている。誰か来たら、そのときはそのときだ。スヴァラは十三歳のこそ泥にすぎない。最悪どこかへ送られるだけだ。それも悪くないかもしれない。

わずか一分ほどで扉がひらいた。

金庫は空っぽだ。

札束も、ダイヤモンドのネックレスも、女王様みたいなティアラも、金の延べ棒もない。念のために金庫のなかに手を這わせる。ビールの空き缶と同じぐらい空っぽだ。

金庫の扉を閉め、スーツをもとに戻して、上着のポケットを探る。コインが数枚、外国の電話番号が書かれた紙切れが一枚、嗅ぎ煙草の缶がひとつ、それですべてだ。見つけたものを上着のポケットに入れ、デスクへ足を運ぶ。そこも同じ。値打ちのあるものは何もない。

信じてもらえないだろう。おまえが金を森に隠したんだろうとか、馬鹿なことを言われるにちがいない。

EとFは、ペーデルが〝仕事仲間〟と笑える呼び方をする男だ。ほかの負け犬どもとともに、ヒエラルキーのなかでひとつの層をなしている。名を知られない男たちにはじまり、末端には……スヴァラにはわからない。おそらく自分のような人間か、まだひげも生えそろわない小粒の売人がいるのだろう。

記憶にあるかぎり昔から、この種の人間を見てきた。酔っぱらいと麻薬常用者がソファにいっぱいいるときも、いじわるな小さな目をしたペーデルだけがビール缶と煙草を手に座っているときでさえも、スヴァラはいつもできるだけかかわらないようにしていた。外へ逃げるには自分のなかへ入りこめばいい。音と声を遮断する力。それにもちろんママ・メッタもいてくれた。やつらとのあいだの壁のような存在だった。少なくとももときどきは。

〝あんたのためにやってるの。ぜんぶ片がついたらここを出ていこうね。どこで暮らすかはあんたが決めていい。でも忘れないで、スヴァラ。あんたのためにやってるの〟

スヴァラは復讐心のある人間ではないが、正義感はある。子どもを馬鹿にすると痛い目に遭う。子どもは言葉を集める。書きとめる。日付、出来事、名前、場所を一覧にし、ノートを猿のぬいぐるみの尻に縫いこむ。

いつの日か、やつら全員を陥れる術《すべ》を見つけてやる。ペーデル・サンドベリを片づけてやる。憎しみは無用だ。憎しみは人を弱くする。

スヴァラの実の父は最低最悪の輩《やから》だという。その伝説の男の名が人の口にのぼるのは、このうえなく極悪非道なことが語られるときだけだ。語られるたびに男の背が高くなり、図体が大きくなる。だがスヴァラは、ペーデルよりもひどいやつがいるとはいまだに信じられない。

〝いまじゃない。でも、いつかおまえの番がくる〟。そう考えると、スヴァラの気持ちは落ちつく。部屋を出ようとしたとき、音が聞こえた。スヴァラは足をとめて耳をそばだてる。くそ。足音があがってくる。

スヴァラは踵《きびす》を返し、死んだ動物のコレクションへ急いだ。クローゼットの扉を引いて閉め、スーツのうしろに隠れて、スーツの袖に向かって息を切らせながら鼓動が落ちつくのを待つ。

足音がはっきり聞こえる。すばやく迷いのない足音が、ああなんてことだ、クローゼットへ向かってくる。スヴァラは可能なかぎり奥に身を寄せる。

〝お願いママ・メッタ、最後に一度だけ助けて。助けてくれたら、どこにいてもそっとしといてあげる〟

スーツとスーツの隙間から人の姿が見える。男。クローゼットのなかで記憶がよみがえる。会ったことがある。忘れていてもおかしくないくらい昔に。

スヴァラは彼に肩車されている。ママ・メッタはうれしそうだ。三人で海水浴場へ向かって歩いている。アイスクリームを買ってもらった。誰かが大声で呼びかけてくる。声には聞き憶えがある。怒った声。スヴァラは地面に引きずりおろされ、頭を石にぶつける。誰かの手につかまれ、まるで使い古しの敷物《ラグ》のように車へ運ばれる。スヴァラは叫び声をあげる。ママ・メッタが走っている。車が走り去る。

目を閉じていると、記憶は消えた。

指が金庫のボタンを押して、暗証番号を入力している。扉がひらく。扉がまた閉まり、足音が遠ざかる。

いますぐこの家から出なければならない。車の男たちにひどい目に遭わされたってかまわない。スーツのジャングルからなんとか抜けだす。一歩一歩、階段のほうへ向かう。足をとめる。耳をそばだてる。家にはきっと誰もいない。こんなにひと気がなく、静かなんだから……

〝だめ。車に戻らなきゃ。殺される〟

そのとおり。殺されたら、誰がママ・メッタを見つけるの？

スヴァラは金庫へ戻る。暗証番号を入力して、値打ちのあるものが入っていることを祈る。やはり札束はない。封筒がひとつだけ。ぺしゃんこの封筒がたったひとつ。何か硬いものが入っていて、表にはなんとスヴァラの名前が書いてある。〝スヴァラ・ヒラクへ〟。封筒を破ってひらく。鍵だ。手ぶらで戻るわけにはいかない。それでもスヴァラはズボンをおろし、鍵を可能なかぎり奥まで挿入する。これは賭けだ。やつらがそこを探さない保証はない。

玄関に戻って、ようやく靴のことを思いだした。この家のものではないスニーカーが、きちんとそろえて置いてある。あの男はこれを見たにちがいない。〝男は細かいことはダメなの。捜し物を頼んでも無駄。まったく役に立たないんだから〟

ママ・メッタに言わせれば、男はたいていのことに役に立たない。それなのにママ・メッタはそばに男が必要らしい。

〝ペーデルを追い出したら、苛《いら》つかなくてすむじゃん〟

〝あんたはまだ子どもだからわからないの、あと、ペーデルって呼んじゃだめ。あいつが聞いているときはね〟

家から車まで走った。納屋に近づくとスピードを落とし、呼吸を整えながら考えをまとめる。ほかに選択肢はない。そのとおりに話すだけだ。金庫は空だったと。あとはなるようになる。覚悟はできている。

第五章

車はわずかに前へ移動していて、ふたりはまだスヴァラに気づいていない。Eが窓をあけて煙草に火をつける。

「たしかに。あのガキはすでに知りすぎてる」

Fの答えは聞こえない。

「ああ、だがそれでもな……」Eが言う。「まあ仰せつかったのはおまえだ。だが、ここじゃまずい。ヴァウカリーデンまで車を走らせるか」

ヴァウカリーデンは、ストックホルムでいうところの〝コンクリートのコートを着せてニィブロー湾に沈める〟にあたるガスカス版だ。納屋の壁に身体を押しつけながら、スヴァラは一歩一歩、車から遠ざかる。あと一メートルほどでふたりの視界からはずれるところで、車がまた前進してヘッドライトが点灯した。フルビーム。

まばゆい光に、思わず手で目を覆う。それから走りだした。野兎は不当にも臆病だといわれている。

だが逃げるのはとてもうまい。

野兎は方向転換して溝を跳びこえ、低い枝につまずいて起きあがり、森へ駆けこんで山へ向かう。

車のドアがひとつ音をたてて閉まる。未舗装の道を早足で移動する音が聞こえる。スヴァラは足をとめる。動いたら見つかる。でも動かなかったら追いつかれる。

野兎は走る。弾丸が鋭い音をたてて肩をかすめる。二発目は右脚からほんのわずかにそれた。

森を抜ける近道がある。村と村をつなぐ小道。道路ができる前、暗いのが怖いおばあちゃんたちが学校へ通うのに使っていた道だ。カノコソウ、オトギリソウ、イソツツジ、カモミール。ずっと昔の話だ。前世の話かもしれない。

暗闇は守ってくれるが、音でばれる。男が近づいてくる。小枝が折れる。すぐうしろで荒い息の音が聞こえる。スヴァラの肺も必死に空気を求めている。スヴァラは地面を探る。一本の枝と石。〝これが最後のチャンスだよ、小さな野兎。じゃなきゃ死ぬだけ〟。Fが歩みをゆるめる。耳をそばだてている。スヴァラは待つ。

Fは何歩か前進する。また耳をそばだてる。あと少し。あと少し。スヴァラは枝を選ぶ。石は足もとに置く。そっと立ちあがり、両手で大枝を握りしめる。重たい。思っていたより重たい。

スヴァラは闇に向かって狼の遠吠えのような声をあげ、大枝を握った戦士の手で全力をこめて男の頭を殴りつける。一度、それからもう一度。

「死ね、この悪魔、死ね」

でも死んでいなかったら？　野兎は走る。月が木々のてっぺんをさっとなでる。遠くにビョルク山のシルエットが見える。山に目標を定めて走り、つまずいて立ちあがる。トウヒの枝葉が顔に当たる。もうすぐ小道にたどり着くはず。走れ、小さな野兎。生きたいのなら。生きたいの？　スヴァラは走る。苔《こけ》が泥沼に変わる。靴の下でぐしゃぐしゃ音がする。沈んでいく。底なしの泥沼は霊が棲まう場所。トクサ、カヤツリグサ、キバナクモマグサ、ヤチヤナギ。膝まで水に沈む。力が失われてくる。カバの若木につかまって、水に引きずりこまれる前になんとか這いあがる。最後の溝をうまく切り抜けて小道に出た。

マツの木の幹に身を隠す。数秒、間《ま》をおいて呼吸を整える。足音がしないか確かめるが、森は静まりかえっている。雨つぶが木の葉や低木の茂みに落ちる。藍色《インディゴ》の空を月がさまよう。

〝道に迷わないように頭を忙しく働かせて。樹脂を削ればチューインガムになる〟

樹脂を探すには暗すぎる。トウヒの若枝を数本引き抜いて口に入れる。血の味のかわりに、針葉樹の苦く強い風味が口に広がる。

このあたりに家が一軒あるはず。

「かわいそうなマリアンヌ。あの人はたいへんだったよ」おばあちゃんが言う。

「どうして？」スヴァラは尋ねる。

子どもたちを失くしたんだ。

一階には灯りがついていた。

「誰だい？」

「スヴァラっていいます。家まで近道しようとして」

「まっ暗で雨だって降ってるのに、森を通って？　何を考えてんだか。なかへ入りな」

女はスヴァラの上着を受けとり、暖炉の前の椅子にかける。靴に新聞を詰めて、椅子の横に置く。

「服を脱ぎな」女は言う。「ズボンもね」

女はよたよたと寝室へ入っていき、着古して色あせた小さなジーンズと、革の肘当てがついたウールのセーターを手に戻ってきた。

「これなら合うね。最新のファッションじゃないだろうけど、とにかく身体は乾いてあたたまる」何かに目をとめて、女はスヴァラの腕を引きよせる。「血が出てるじゃないの」スヴァラもようやく気づいた。袖が濡れているのは雨だけのせいではない。記憶のなかであの家へ、割れた地下室の窓へ戻る。血痕を残してきたにちがいない。くそ。引き返して痕を消さなければ。だが女の手は乾いていてあたたかい。パンの香りもする。この家はやさしい。

「痛くないかい？」そう言って女は傷を見つめる。ナイフで切られたヒレステーキのように、傷はぱっくり口をあけている。

「いえ」スヴァラは言う。「ばんそうこうって、ありますか？」

「縫ったほうがいいんだろうけど」女は言って、キッチンの引き出しをあちこち捜す。消毒薬と包帯を持って戻ってきた。「しみるよ」液体を傷口に吹きかける。

〝しみる〟というのはスヴァラにはわからない感覚だが、何も言わない。おとなしくサージカルテープで手当をされ、その上から包帯を巻かれる。おそらく必要ないだろうけど。ここにいると、わが家にいるようなあたたかい気持ちになる。しばらく何も食べていない。何より望んでいるのは、ひと眠りすること。

「町の子かい？」女が言う。「家に電話したほうがいいんじゃないか？」

「必要ありません」スヴァラは言う。

「ほんとに？」女は言う。「どこの子？」

「メッタ・ヒラク」

「メッタ」女は言って、鍋の中身をかきまぜる。「子どものころはよくここに来てたけどね。そのあとどうなったのかは知らない。まあとにかく。ずっと昔のことだ」女は言って、目を合わせずにスヴァラの前にスープを置く。

食事のあと、ふたりはチーズをフォークに刺してコーヒーに浸し、チーズが柔らかくなるまで待つ。

「ここにひとりで暮らしてるの？」スヴァラは尋ねる。

「ああ。生まれたのもここだよ」

「居心地のいいキッチン」スヴァラはあくびをする。

「しばらくソファに横になっときな」スヴァラは断らない。ブランケットをかけられたことにも気づかない。そして女が電話をかけ、しばらくするとドアがノックされたことにも気づかない。

声のせいで目が覚めた。例の女、マリアンヌと別の女がそれぞれ眼鏡《めがね》をかけて肘掛け椅子に座っていて、ふたりの前には書類が置かれている。

「でもマリアンヌ、向こうも無理やりには進められないでしょ」年下の女が言う。アンナ＝マヤという名前のようだ。

「お偉方は、あんたが想像してもいないことだってやりかねないよ」マリアンヌが言う。

「ええ、でもなんでもできるわけじゃない。売りたくなけりゃ売らなきゃいいのよ」

「あたしは死ぬまでここで暮らすよ。その前に土地がほしけりゃ、あたしのことを撃つしかないね」

スヴァラが目を覚ましていることに気づくと、ふたりは口をつぐんだ。書類をまとめて、コーヒーカップを流しへ持っていく。

「風力発電所のこと？」スヴァラは起きあがって尋ねる。

「この子はメッタ・ヒラクの娘」マリアンヌは言って、スヴァラのほうをあごでさす。

「まあ、なんてこと」アンナ＝マヤは言う。「あなたが生まれたとき以来、会ってないわね。そう、風力発電所のことを話してた。別に反対ってわけじゃないの。そこそこの規模でやるぶんにはね。でも土地を無理やり手放させるべきじゃない。そうでしょ、マリアンヌ？」

「でもみんながイヤだって言ったらどうなるの？」スヴァラは言う。「風力は原子力よりもいいにきまってる」

「ああ、もちろん」マリアンヌが言う。「でも森は大きいだろ。あいつらはいちばん金を稼げるところにつくろうとしてる。みんなにいちばん都合のいい場所じゃなくてね。あたしがずっとここで暮らしてきたのは、静けさのためだし、もちろん森のためだ。こっちが何を言っても、あいつらは発電所をつくるだろうが、あたしには自分の土地について決める権利がある。話はそこまでだよ」

「ほんと、わたしも同じ意見」アンナ＝マヤが言う。「よければ家まで送ってくけど？」

町までの道中、ふたりはずっと無言だったが、スヴァラはついに勇気を出して尋ねた。

「ママとは知り合いですか？」

「知り合いってほどじゃないかな。歳も向こうのほうがいくつか上だし。でも知ってはいる。行方がわからなくなったとか聞いたけど。もう戻ってきた？」

「盗まれたものじゃなければ、いつだって戻ってきます」スヴァラは言う。股のあいだでこすれている鍵のことへ意識が向かう。どこへつながる鍵かはまったくわからないが、大切な鍵でなければ金庫に入れはしない。すぐに猿のなかに縫いこむことになるだろう。スヴァラ自身の金庫に。

「身体に気をつけてね」スヴァラが車を降りるとアンナ＝マヤが言う。スヴァラは自分が住む通りの一本手前の通りでとめてもらった。

「マリアンヌにありがとうって伝えてください」スヴァラは言う。「言うの忘れたと思うから」

スヴァラが自宅アパートのドアをあけたのは深夜零時すぎだ。何かがつっかえてドアがあまりひらかず、隙間に身体をねじこまなければならない。

人が横向きで倒れている。スカートが脚の静脈瘤の上までずりあがっている。怪我をしたり怯《おび》えたりはしていないようだ。スヴァラはその身体を仰向けに寝かせ、救急サービスに電話する。気を失っているだけかもしれない。

脈拍はありますか？　わからない。息はしていますか？　していない。唇は紫がかっている。肌は灰色。

「おばあちゃん」スヴァラは言って肩をそっと揺さぶったが、祖母は踏みならされた森の小道でヒナギクを摘んでいる。

〝愛してる、愛してない〟

「たぶん死んでる」スヴァラは言う。「ていうか確実に。おばあちゃん、もうこの身体のなかにいない。引きとりにきてもらえますか？」

「十五分後には到着します」救急サービスのオペレーターが言う。

玄関の鏡を見ると、自分のうしろに部屋がうつっている。テレビがなくなったテレビ台に置いたモンステラが倒れている。スヴァラはそれに水をやって世話してきた。春になると別の鉢に植えかえて肥料もやる。おまえには植物を育てる才能があると祖母は言う。鉢植えの植物ひとつだけだから、それほどむずかしいことではない。

誰かが来ていたのだ。痕跡を部屋から部屋へたどる。服が引き裂かれている。クローゼットの扉は大きくひらいたままだ。あちこちにしまわれていたものが、いまは床に山積みになっている。

猿は相変わらず定位置に腰かけている。不安の波が引いていく。ほかはすべてめちゃくちゃだが、片づければいいだけだ。やつらが何かを捜しにきて、おばあちゃんはいま、死んで玄関に横たわっている。

スヴァラは倒れていたモンステラの土を集めて鉢に入れた。リビングの床に散乱したＤＶＤや本をかき集め、ソファの下へ押しこむ。寝室の扉を閉めて、玄関からの眺めを確認する。

家のなかがこんな状態だと、警察を呼ばれるかもしれない。警察には絶対に来てもらいたくない。どこかへ連れていかれるだろう。自分はまだ子どもなのだから。

〝でもわたしは子どもじゃない。でしょ、おばあちゃん？〟祖母の額にかかった白髪混じりの髪をなで、服の皺をのばす。

母方の祖母のことはほとんど知らなかった。ほかの親類についてはなおのことだ。

「あの人たちのことなんて、知ったことじゃない」スヴァラが親類のことを尋ねるとママ・メッタは言う。「あっちはあっちで、こっちはこっち」

「言葉を教えるべきだよ」祖母が言う。

「なんのために？」

「この子が自分で選べるようにさ」

だが何と何を選ぶのか、スヴァラにはわからなかった。だから尋ねるのをやめた。

「連絡してほしい人はいる？」救急隊員の男が尋ねる。

「必要ありません」スヴァラは答える。「おばがこっちへ向かってますから」

孤独というのは奇妙な言葉だ。とても醜く、とても美しい。スヴァラは自分の部屋へ閉じこもり、引き出しつきのチェストをドアの前へ移動させた。三階。最悪の事態に陥ったら飛びおりるしかない。

夜は何ごともなく過ぎた。夜が明けると、あたたかい服を着てドアに鍵をかけ、歩いてビョルク山へ向かう。

木々に隠れてマリアンヌ・リエカットの家の前を通りすぎ、そのまま小道の出発点まで歩く。

クロライチョウが隠れ場所から飛びたつ。夜の霜のせいでシダが頭を垂れている。溝のところで泥沼を見わたす。こぶだらけのカバの木が乾いた地面にしがみついているような、いちばん乾燥していそうな部分をたどって森へ入る。

山を背に、太陽を東に、直感にしたがって進む。最初に見えたのはブーツのかかとだ。

〝コブダリスの丘でそりで遊んだの、憶えてるか？〟

男は仰向けで横たわっている。首から上は血と砕けた骨でぐしゃぐしゃだ。手にはまだ銃を持っている。まずは鴉、それからクズリ、鼠、肉食の鳥がやってくる。最後に来るのは蛆虫だ。スヴァラは男の手から銃をもぎとり、踵を返して家に帰る。

カウボーイブーツに革ベスト姿のろくでなしどもの気配はまだない。お茶を淹れてサンドイッチをふたつつくる。猿の尻からノートを取りだし、「F」の下の新しい列にこう記入する。

〝死亡〟

第六章

列車が遅れたせいで、エルヴスビィンで降りるときには明るくなりかけていた。駅舎へ向かって歩き、ペニラを探す。

どこかのメーカーの赤い車に乗っているはずだ。だが、赤い車は一台も見あたらない。

ジープのような車が駐車エリアに入ってきて、ミカエルの横でとまり、ウインドウが下がった。

「やあこんにちは、お義父《とう》さん」大きな声で男が言う。「どうぞ、乗ってください」

ミカエルはスーツケースを後部座席に載せる。ルーカスは乗っていない。ヘンリィ・サロだけだ。

「どっちにしろ、エルヴスビィンに取りにくるものがあって」サロが言う。「あと、ピラはルーカスの歯医者の予約があったのを忘れてましてね。よろしくって言ってました。十月だっていうのに、すばらしい天気じゃありませんか。道中はいかがでした？　朝食はもうお済みです？」

「ピラって呼んでるのかい？」ミカエルは言う。

「ええ、あのアルペンスキー選手みたいに。憶えてます？　ふたりはとてもよく似てませんか？」

「いやべつに」ミカエルは言う。「彼女はどっちかというと――」そこまで言ったところでサロが車を発進させ、ガスカスまで観光ツアーが延々とつづいた。マツの種類から自動車検査場、軍事地区、昔のガールフレンドたち、スキー場、釣りのできる場所、ベリー摘みに最適の湿地まで、ありとあらゆるものがカバーされる。

ストール滝で休憩してコーヒーを飲んだ。車に戻ると、ここで結婚式を挙げるのだとサロがふと口にする。

「チャペルはいま下の川沿いで見た建物なんですがね、式は滝の上で挙げるんです。ともかく、ぼくはそうしたいと思っている。パーティーは〈ライモズ・バー〉でやります。ほら、ドラマの《ザ・ハンター》が撮影された場所ですよ。店を貸切にしてね。ピラはホテルのほうがいいって言うんですが、〈ライモズ〉のほうが、まあなんていうのか、ホンモノっていうか。結婚式では食べて飲んで踊らなきゃなあ。ところで、運転してみます？　さっき引き取ってきたばかりなんですよ、これ。新車のメルセデス。おぞましい電気自動車じゃありませんよ。あんなクソ、こっちじゃ使い物になりませんからね。まあ、仕事のときは別ですが。環境ナチスにつきまとわれるのがイヤなら選択肢はない」

「いや」ミカエルは言う。「きみが運転してくれ。きみのほうが道に詳しいし」

サロは横目でミカエルを見る。

「免許はお持ちですよね？」サロは言う。「とんだ質問をして失礼。でもほら、ストックホルムの人間ときたら」そう言って、また声をあげて笑う。

ガスカスへ着く直前、道路にトナカイがいてサロは速度を落とした。その少し先で、蛍光色のベストを身につけた人たちが駐車場に集まっている。

「行方不明者の捜索じゃないか」ミカエルは言う。「誰を捜してるんだい？」

「さあね。おそらく、クスリでラリったどっかの子が森のなかで迷子にでもなったんでしょう」

「このあたりではドラッグがはびこってるのかい？」

「何をいまさら！　でも、少なくともギャングの銃撃戦はまだ起こってませんよ。警察が悪いんです。ひげ面のやつらをとっ捕まえて、タリバンの国に送り返さないんですからね」

「いろいろとごちゃ混ぜにしてないか？」

「してませんよ。実弾入りの銃を持って走りまわってるのがスウェーデン人の子だなんて言わないでくださいよ」

「たいていみんなスウェーデン生まれだ」ミカエルは反論したが、サロはイスラム教徒、ブルカをかぶった女性、蒸発した父親たちの話を臆面もなくつづける。「クソみたいな疫病です。警察はアホみたいにつっ立ってるだけで、何もわかってない。わかりきったことですよ。あいつらを閉じこめて鍵を捨てりゃいいんだ。永遠に！」

ミカエルは答える気にもならなかった。するとサロは話題を変える。

「ガスカスへようこそ、そう言っておかなきゃですね。大きなビジョンのある小さな町」

「それがきみの町のスローガン？」

「いえ、でもいい考えかもしれません。町にはスローガンが必要だ。なんなら公募して派手な賞品をつけるといい。アイスホッケーの無料観戦券とか、シティ・ホテルでの食事とか」

「ビッグなボスがいる小さな自治体」すでにヘンリィ・サロにうんざりしたミカエルが提案する。

「悪くないですね」サロはくすくす笑う。「ここは新しい屋内プールです。先週正式にオープンしたばかりでね。あと左手にあるのが、何より神聖な場所です」

「教会？」

「町の議会堂ですよ。すべてはここからはじまるわけです。コミュニティの心臓ですね」

「サロ議会堂というわけか」

「それを聞いて思い出しましたよ」サロが言う。「ありがたい。今週末に屋内マーケットの開所式があるんです。まだ名前がついてないんですがね、何がいいと思います？」

「マーケット・ホールじゃなくてサロ・ホールとか？」

「さすが！　ぼくがいなけりゃ実現してませんからね。ハハ」サロはつづけて言う。「冗談ですよ。事業にはいろんな人がかかわってます。ぼくだけじゃない」

「例の鉱山みたいに？」ミカエルが尋ねると、サロの表情が明るくなる。

「まさに」サロは言う。「まさにそのとおりです。新聞でお読みになったのでしょう。すばらしいプロジェクトで、地域に大きな変化をもたらします。岩盤にはレアアースがふんだんに含まれている。レアアースは全世界で不足していて、当然、国内で調達できるほうがいいでしょう？　鉱山で人が蠅《はえ》みたいに死ぬ途上国から買うより。そりゃそうだ」サロは自分で自分の質問に答える。「環境ナチスが正気に戻るのを願うばかりだ。汚らしいトナカイ数頭のために、何十億もの金を無駄にはできないってことですよ」

「たしかに」ミカエルはＩＢのことを考える。娘の結婚式に出席する男もいれば、行方がわからない娘を捜す男もいる。

今朝、ミカエルはＩＢに何か言葉をかけたかったが、急いで列車を降りなければならなかった。『ミレニアム』のロゴがついたぼろぼろの名刺を差しだし、いつかビールでも飲もうと言った。社交辞令として口にするが、あまり実現はしないたぐいの言葉だ。

第七章

マルキュス・ブランコは寒いのは好きではないが、この眺めは好きだ。

「ひらけ」と言うとドアがひらく。車椅子がテラスに滑りでて、ブランコは何度か深呼吸する。

眼下には壮大なヴィッダ（北極圏独特の高原）が広がっている。遠くには、そびえ立つ高山の裸の頂が無邪気な小山のように並んでいる。数々の小川が結び目をつくるように蛇行して、東へ向かって静かに流れている。

この家がここにあるのは偶然ではない。仲間といっしょに長いことかけて完璧な場所を、この完璧な山を探したのだ。ヒトラーがオーバーザルツベルクに立ち、鷲の巣《イーグルズ・ネスト》（ナチスがつくった山荘）の計画を立てたときも、同じことを考えたにちがいない。ブランコはそう想像する。視界はひらけていなければならない。岩質は地下シェルターや地下の脱出路を備えるのに適している必要がある。

地下シェルター。三千平方メートル近くの広さがあり、四つの区画に分かれていて、トンネル、階段、いくつもの小部屋によってつながっている。このシェルターと土地がブランコのものになって、すでに数年が経つ。あとで付け加えられた家は周囲の山にうまくとけこみ、地下シェルターと同じぐらい世間の目から隔てられている。

最近では、ブランコ・グループはその名のとおりホワイト（ブランコはスペイン語やポルトガル語で「白」の意）な企業だ。せっせと働く年月はすでに終え、充分な資産を築いた。それがやがて川をのぼるサーモンのように繁殖しはじめるだろう。すべて法の範囲内で。まあ、おおむね。なかには馬鹿みたいにぼろくて抗《あらが》えない金もある。

車椅子を滑らせて家のなかへ戻る。すぐに脚まわりが冷えてくる。ブランコに脚がないことを指摘する度胸など、誰にもないだろうが。


あと一時間ほどで、騎士団の朝の会議がはじまる。ブランコが計画を説明するのは、今回が初めてではない。今日は具体的な数字をいくつか見せるだけだ。エレベーターで会議室へおり、お茶のために湯を沸かす。

地下のどれだけ深くにあるのか、おそらく軍は正確に知っているのだろう。二十世紀のロシア恐怖症が生み出した空間は、二十一世紀の〝緑の革命のハイテク・ドリーム〟へ姿を変えつつある。

北東へ少し行ったところにあるボーデン要塞とは異なり、この岩のシェルターは外の世界に知られていない。世話焼きの学芸員が錠をあけて見学客を入れることはない。文化遺産として国立財産委員会が丹念に管理してきたわけでもない。知られざる場所。もはや軍事的価値はないと判断され、一九五〇年代はじめに林業用に農場主へ売却された。二千百ヘクタールの土地は、死ぬまでその農場主が管理した。

新しい所有者マルキュス・ブランコはいま、スティーヴン・ホーキングの車椅子とまったく同じ複製品に座り、人生に満足している。わざわざ自分にご褒美を用意してもいいくらいに。

股間に興奮を覚える。最後のやつが立ち去るのを許されてから数日経つ。正確には〝立ち去る〟とは言えないが。いまその女は、ブランコよりも立っているのがむずかしいだろう。

騎士団の面々が集まった。キリストのように穏やかな目で、ブランコは集まった面々を見まわす。側近たち。〈クズリ〉、〈狼〉、〈熊〉、〈山犬〉、〈大山猫〉。ウメオ郊外ティエグのロング通り時代からの信頼できる仲間たちだ。


ブランコは講話をするのが大好きだ。口にすることで、言葉に命が吹きこまれる。

「以前は製紙工場だった。いまにおうのは、役人と政治家のすえた汗のにおいだ。やつらは突然、ノルボッテン県のドアをノックする多国籍巨大企業に対処しなければならなくなって、ストレスで冷や汗をかいている。だが、これは悪いにおいではない。金のにおいがする！　ガスカスとその周辺地域には、われわれがしかるべき成功を収めるのに必要な条件が完璧にそろっている。ヨーロッパの市場は好調だ。産業界は堅調。だが地平線には暗雲がたれこめている。それが何かはわかっているな。エネルギー供給だ」

車椅子を走らせてフリップチャートのもとへ向かい、最初のページをめくりあげる。

ブランコには何年も前から考えていたことがひとつある。この国の、かつてノルランドという名で通っていた世界の辺境地域が、突如として明確なアイデンティティを獲得した。マルキュス・ブランコは、その理由を知りたい。

南部への移住を拒み、口下手で孤独で肉体労働に精を出す酒飲みの独身男しかいないという軽蔑的なイメージは消えた。その代わりに現われたのが、金とグリーンな電力を文字どおり世界に約束する大興奮の役人だ。世界はいま、その意味を理解しつつある。おそらくはじまりは、二〇一一年にフェイスブックがルーレオにサーバーセンターを建設したときだ。それ自体は重要ではないが、突然みんながそこへ行きたがるようになった。フェイスブックが電力をほぼ無料で使用しているとの噂が広がり、突如として北への大移動がはじまったのだ。

世界最大級のバッテリー工場がシェレフテオに建設される。ほぼ同じ時期に、鉄鋼会社と鉱山が従来型の製鋼を段階的に廃止し、いわゆるグリーン鋼鉄に置きかえると発表した。コークスの代わりに水素を使い、鉄から酸素を分離するのだ。鉄鋼会社SSABのCEOが鉄の副産物、つまり水も飲む気かはわからない。

ブランコは騎士団を見る。「話についてきているか?」

ええ、もちろん。

「いろいろな企業の重役が大量の意見書を書き、化石燃料を使わない産業への国の支援が重要だと説いてきた。みんな完全にその意見で一致している。そして、みんなが同じ問いに答えなければならない。何をエネルギー源として使うのか。どの産業も貪欲に電力を消費するからだ。総発電量を数パーセント増やすなんて話じゃない。いま限界だと思われている量をはるかにこえる電力が必要だ。さらに言うならそれは、太陽光、風力、水力による電力でなければならない」

ブランコはさらに一枚紙をめくり、ポインターで数字を指していく。〈狼〉はあくびをかみ殺す。〈大山猫〉は割れた爪をズボンにこすりつけてならしている。

スウェーデンの総発電量は百六十六テラワットで、その内訳は水力が七十、原子力が五十一、熱電併給《コジェネレーション》が十五、太陽光が一、風力が二十七、その他のマイナーな電力源が少しだ。

この新産業、いわゆるグリーン産業には、およそ五十五テラワットが追加で求められる。問題はどこから手に入れるかだ。

原子力は論外だ、除外しなければならない。

水力発電は限界に達していて、これ以上は開発できない。同じく除外しよう。

太陽光はこんな国では……除外するしかない。

残るは風力だ。風は吹く。ときどき。

ブランコは核心の問題へ戻る。「世界にバッテリーや建築用鋼材を供給する大規模産業には今後、五十五テラワット分の風力による電力が必要だ。つまり、現在スウェーデンで発電されている量の二倍」

「すみません」〈クズリ〉が言う。「われわれはどう関係してくるんですか？　風力発電は非常に不安定ですが、どうしてそこへ金を投じるんです？」

「これからその話をしようとしていたところだ」ブランコは言う。「風が吹かなければ発電できない。風力タービン発電所をどれだけつくっても無駄だ。それに、風が吹いたときには電気をすぐに使わなければならない。蓄えることができないからだ」思わせぶりに間を置く。「だが水素なら蓄えられる。だから風が最も強く吹いているときに」ブランコは話をつづける。「水素をつくって蓄えておけばいい。そう――われわれのすばらしい地下シェルターに」

「水素はこの世でいちばん引火性の高い気体のひとつです」〈大山猫〉が指摘する。「リスク評価はしたんですか」

ブランコはまた紙をめくり、〝リスク評価〟と書いてクエスチョンマークをつける。

「リスクを完全に正確に評価することなど、誰にもできない。これに匹敵する大規模な保管は、世界のほかの場所では例がないからだ」ブランコは言う。「だが、誰かが最初にやらなきゃならん。技術自体は新しいものではない。数十万立方メートルまで規模を大きくするだけだ」

「下手したらノルボッテン県全体が爆発して、この世の終わりになりますけど」〈大山猫〉が言う。

「いろんな死に方がある」ブランコは言う。「木《こ》っ端《ぱ》微《み》塵《じん》に爆破されるのは、最悪の死に方とは言えない」

土地、地下シェルター、地理、そしていまはエネルギー危機と電力価格高騰の時代。これらに鑑みて、ブランコは社会から感謝される存在になるチャンスがあると見こんでいた。

発電事業に参入する。しかしありきたりの電気ではない。現在スウェーデンで最もクリーンでグリーンな電気。つまり風力発電。そうすれば、さらに名声を高められるだろう。私財を未来へ投資することで、社会への責任を根本から果たす人物になれる。先見性ある愛すべき人物として、世間から称賛されるだろう。

だが、そこまでいくつもりはない。マルキュス・ブランコは存在感を消し、目立たずにいることで成功を収めてきた。

ノルボッテンのガスと水素は、黄金のように最高額で売られる。世界が列をなして待っている。いつもどおり不潔で醜悪で邪悪な魂胆を持ち、広告代理店ならどこでも考えつきそうな環境にやさしい主張を目いっぱい頭に詰めこんで。

ブランコも言葉の使い方を心得ている。

「社会民主労働党と環境党が先頭に立ち、スウェーデンの政治家はできることをなんでもして環境保護運動を満足させようとしている。原子力発電所は解体し、風力発電所を増やしている。だが、風力発電所の大多数を所有する国際企業がそれを実際につくる前から、生産される電力は外国に売られている。単純明快な話だ。もちろん書類上では見ばえがする。まっとうな小国スウェーデンが、まわりの汚れた世界を守る。厳密に気候の観点から考えると、スウェーデンで発電されたクリーンな電力は、ガスやコークスをいつも燃やしている国のために使われるほうがいい。国内の電力も不足しているから、電力価格が高騰し、スウェーデン人自身がこのお祭り騒ぎの費用を払わなければならんが……だが、そんなことは取るに足らない問題だ」

ブランコはいかなる意味でも政治に関心のある人間ではない。人びとが愚かであること、とくに政治家が愚かであることに気を高ぶらせているだけだ。ブランコに言わせれば、いかなるものであれエネルギー危機はチャンスだ。自分の風力発電所が完成する日には、ルールを決める人間になる。まあ自分の発電所というか……誰の風力発電所かヘンリィ・サロに尋ねてみるといい。やつが答えを教えてくれるだろう。まったくのお人好しだ。やつとは、そろそろさしで話しあわなければならない。「大量の水素を蓄える試みが水の泡になっても、われわれの懐には響かない」ブランコは言う。「チャンスをひとつ逃しても、ほかに何千も控えている。売電契約のくじを巨大電力会社に売らなくても、ほかに選択肢がいろいろある」

各自治体の議会は、正面扉を大きくひらいている。無限に利用できる電力を見返りに土地を手に入れようと外国企業が列をなしていて、おそらく地下の入口からなかへ入るしかない会社もあるだろう。仮に入れるとしたらだが。ここでマルキュス・ブランコは、自説をていねいに仕上げにかかる。そもそもブランコ・グループは、もともとセキュリティー会社だ。半円形の大理石のテーブルのまわりに集まったブランコとその騎士団ほど、各国とその住民の汚い面を知っている者はいない。ブランコ自身、天国への門を守るグリーンな聖ペトロのような役目を果たすことになるだろう。単純になかに入れない者もいる。

もちろん問題はある。反抗的な土地所有者や陰謀をめぐらせる商売敵。だが、金で解決できないことなどない。マルキュス・ブランコはたいていのことは考え抜き、充分うまくいくと踏んでいる。しかし計画のなかには、まだ明かす準備ができていない部分もある。騎士団にさえも。

次の段階でも、星々は正しい位置に整列するだろう。兆候はすでに見えていて、疑いの余地はない。

「わかった」〈山犬〉が言う。「長期的な計画みたいだが、あとはどうするんです？」

「スヴァーヴェルシェーが、スウェーデン北部の配電をすべて掌握する。やつらは別件で信頼に足ることを証明したからな。われわれの利害は一致している」

「ああ、わかってる」〈山犬〉が言う。「スヴァーヴェルシェーのやつらは、なんの問題もねえ。だが厄介なのはサンドベリだ。やつの一味は合併に反対はしてないが、オートバイクラブ経由の話だと、やつは北部のなかでも東の地区で実権を握ってるらしい」

「明らかに欲をかいている」ブランコは言い、苛立たしげに車椅子を揺らす。まさにこの種のこととかかわりを断ちたいと思っていて、それはすでにやり遂げたと思っていたのに。

「そういうことなら、やつを片づけたほうがいいだろうな」ブランコは言う。

「その仕事はよろこんで引き受ける」〈狼〉が言う。「少し外に出るのもいいしな」

「残念ながら、やつはまだ必要だ」〈山犬〉が言う。「やつのシマでは王様だってこと、忘れないでくれ」

「なら、やつと話さなきゃならんな」ブランコが言う。

「話してはみたんだ。協力的で、やつの元来のシマをスヴァーヴェルシェーのシマに組み入れると約束して、そのとおりにした。だが同時にフィンランド人と新しく手を組んでもいる。おそらくロシア人とも」

ブランコの苛立ちに怒りが加わる。考えなければならない。ブランコの最善の考えは怒りから生まれる。あるいは最悪の考えか。どちらの側から見るかによる。

「子どもはいるのか？」

「継娘《ままむすめ》がひとり」

「仲はいいのか？」

「わからない」

「女は？」

「おそらく」

「よし」ブランコは言う。「サンドベリのかわいいファミリーの生活を徹底的に洗え。そうすれば何か方法が見つかるだろう」

第八章

「なかなかいい丸太小屋じゃないか」ミカエルは古い木の家を見あげる。「サロの実家か？」

「まさか」ペニラが答える。「ヘンリィは森のなかの小屋で育ったの。お義母《かあ》さんはまだそこで暮らしてる。それほど遠くじゃないんだけどね」そう言って、針葉樹の森のほうを指さす。何年も前に間伐されていなければならない深い森だ。

「会ったことはあるのかい？」

「ううん。ふたりは連絡をとってないから。母親らしい母親じゃなかったらしくて。うちの父親が役立たずだったのとはちがって、心の病気。ヘンリィはそれについて話したがらないの。だからわたしも尋ねるのはやめた」

ミカエルは上着の袖で木のベンチを払って腰をおろす。ペニラの発言には非難がこめられているのか、ミカエルにはわからない。あるいは、事実をあけすけに述べただけなのか。それをきっかけに会話をはじめて、こちらの言い分を述べることもできるかもしれない。だが、どこからはじめればいいのか見当がつかない。

「全般に順調なのか？」ミカエルは言う。「結婚式とか、もろもろ」

ペニラは少し間《ま》をあけて答える。

「数週間前までは順調だと思ってた」ペニラは川へ目をやって、視線を合わせようとしない。「つきあいだしてしばらく経つでしょ。気づいたと思うけど、ヘンリィはあんな人。でもそれだけの人じゃない。彼に会ったとき、わたしはどん底にいたの。ヘンリィはまるでひらいた扉で、そこから光が差しこんできた。彼がいなければ、どうなってたかわからない。生きていく気力すらほとんどなかったから。あんなふうに世話してもらったこと、それまでなかった。彼といると安心できるの」

「じゃあ何に疑いを抱いてるんだい？」ミカエルが尋ねると、帰ってきたのはため息だけだ。「ふたりで話しあったのか？」セラピスト、ブルムクヴィストが尋ねる。人間関係のあらゆる軋轢《あつれき》をめぐる不安の王様。不愉快な質問がはじまると部屋を出ていく男。

「もちろん。ストレスがたまってるって言うんだけど、それはいつものことだし。ただね、いまはストレスを抱えてるっていうよりは、ピリピリしてる感じなの。わたしが職場で会った人たちについておかしなことを尋ねてきたり。ドアに鍵がかかっているか確かめたり。窓の外をしきりに警戒したり。どう理解したらいいのかわからない」

「何かに怯えているみたいだな」ミカエルは言う。

「風力発電所のプロジェクトと関係があるにちがいないと思う」ペニラは言う。「わたしに言わせれば、とんでもない話だけどね。町のすぐそばに施設をつくるなんて誰も望んでないのに、議員たちの支持を取りつけて。ヘンリィには、それが何よりたいせつなの。何もかもが町議会とつながってる。まるで自分の会社でも経営してるみたい」

「ああ、たしかにとんでもなく議会にご執心のようだ。ところでおまえはどうなんだい？　仕事の調子は？」

「どの仕事の話かによる。この春に新しい仕事をはじめたんだけど」

「てことはもう……」ペニラが何をしているのか、ほとんど知らないことにミカエルは気づいた。若者関係の仕事だったような？　あるいは音楽？

〝ビンゴだ、ミカエル・ブルムクヴィスト〟

「ユーモで福祉主事の代理をしてるの。いつまでつづくかわからないけど」

「ごめん、どこって？」

「ユーモ。〈若者相談センター〉のこと」

「ああ、それか」ミカエルは言う。

「いいよ、気にしなくて」ペニラは言う。「裏にあるプールを見る？　去年つくったんだけど、二回しか使ってないはず」

ペニラはミカエルの腕に手をかけ、肩にもたれかかる。

「来てくれてうれしい、パパ」

パパの目には涙がこみあげる。いつもは娘にはミッケと呼ばれている。

家の角を曲がると、ペニラが突然足をとめた。地下室の扉へつづく階段とその上の草にガラスの破片が散乱している。

「鳥のしわざかな」ペニラが言う。「おかしいわね、ヘンリィは何も言ってなかったけど」

ミカエルは目にとまった破片を拾いあげる。乾いた血がついたものが二、三あるが、何も言わない。ただの鳥かもしれないのだし。

鶴が南へ向かって飛ぶ。太陽は低い。空気は冷たくなりつつある。

「聞こえる？」ペニラが言う。「スクールバスが来る」

少年の身体はまったく恥ずかしがらない。気がつけばミカエルの腕のなかにいた。

「おじいちゃん！　見せたいものがあるんだ」

近道をしてふたりで川まで歩く。

「おじいちゃんが転ばないように、手をつないでいてくれるかな」ミカエルは言う。

少年の手はあたたかい。

ミカエルは手をしっかり握ったまま川岸まで歩いた。

第九章

自宅でのヘンリィ・サロは、列車を降りたミカエルが会った人物とはまるで別人だ。家のなかを案内してくれるあいだも、言葉はあふれ出てこない。ミカエルが寝る部屋がある一階は、すでにペニラに案内してもらっていた。家の二階はプライベートな寝室エリアとサロの書斎に分かれている。

「どうぞ座ってください」サロが言う。「世界一のウイスキーを味わっていただきましょう。仕事の知り合いからもらったんですがね。最近では賞を取るのはスコットランド人じゃなくてアジア人なんです」

ミカエルはダークグリーンのソファに腰かけ、出されたものをひと口飲む。ビールのほうが好きでウイスキーはあまり飲まないが、そこそこ飲みやすい。サロは二杯目を注ぐ。

「すごい部屋だな」ミカエルは壁に目を走らせる。「まるでレイフ・GW・ペーションの家みたいだ。狩りをするとは知らなかった」

「もちろんします」サロは言う。「狩猟はたいていの扉をひらくのに便利ですからね。ただし狩りの仲間は慎重に選ばないといけませんが」

「どういう意味だい？」

「狩猟とビジネス、ビジネスとゴルフ。腕のいいハンターやハンディキャップの低いゴルファーは、いつだって重宝されます。みんな勝者とつきあいたいものなんです。買い手だろうが売り手だろうが関係なくね」

「きみはどっちなんだい？」

「自治体の長としてという意味なら売り手ですね。みんなここへ来たがるから。許可を待っている企業がたくさんあるんです。地球全体の金をまわしていてガスカスに目をつけたありとあらゆる多国籍巨大企業から、こっちが選べます」

「へえ、そりゃすごい」ミカエルは言う。「みんなきみのカリスマに惹かれるのかな？」

ヘンリィ・サロの自慢好きな面は戸口で待っている。あとは呼び入れるだけでいい。

「たしかにぼくはハンサムですがね」サロは露骨にハンサムな笑顔をつくる。「でもここガスカスには、さらに魅力的なビジネスマンがいる」

「誰だい？」

「〝誰〟じゃなくて実は電力です」サロはくすくす笑いながら言う。「無限の電力資源がなければ、ガスカスも内陸のほかのしょぼい町と同じで産業も雇用もなかったでしょうね。ノルボッテンにとっての電力は、かつてのノルウェーにとっての石油と同じですよ。いま世界は人口過剰で窮地に追いこまれていて、環境ナチスは世界の終わりが近づいていると叫んでいる。そんななかで、ノルランドが新しいクロンダイク（十九世紀末にゴールドラッシュが起きたカナダの地方）として登場したわけです。あとは、プーチンがガスの供給を断ちさえすれば申し分ない。世界の電気料金はとんでもない額になりますが、ここではそうならない。誰もが水力発電と風力発電の約束の地に来たがります。さらに言うなら、企業はたいてい自社の商品は環境にやさしいと宣伝できるわけです」

もちろんミカエルも電力価格の高騰とグリーンウォッシングのことは知っていたが、あまり関心は寄せていなかった。「スクープだ！」とたちまち声をあげられるような話題ではない。気候変動関係の運動にセクシーさは微塵もない。手堅く、聖人ぶっていて、ロビイストでいっぱいの世界だ。

「無限の電力資源」ミカエルは言う。「そんなこと可能なのか？」

「当然です」サロが言う。「もちろん投資は必要ですが、原理上は無限ですね。何年も前に当たりくじを引いたんですよ。電力大手のヴァッテンファルが川にダムをつくって、町に補償金を払ったときにね。水力発電は安定していますが、ほかと同じで、うちも当然、風力のような別のもので補完する必要がある。近いうちに風力発電所の予定地に案内しますよ。すべてうまくいったら世界最大を名乗ることができるでしょうね。ごらんになったら驚くはずです。ピーテオのはずれの建設地なんてクソくらえだ」

夕食の準備ができたと階段の下からペニラに呼ばれ、話はそこまでになった。

「先におりていてください」サロが言う。「何本か電話をかけてから合流します」

ペニラはナプキンと来客用の陶磁器を並べていた。椅子は布張り。火を灯したキャンドルがいくつかテーブルに置かれ、シャンデリアの明かりはやや落とされてほの暗い。

「すばらしいもてなしじゃないか」ミカエルは言う。「どこかの大邸宅の客になった気分だよ」

「うちの古いキッチンのほうがいい」ルーカスが言う。「こぢんまりしてて居心地いいし」

「居心地はいいけど狭苦しいでしょ」ペニラが言う。

「ぼくらにはちょうどよかった」ルーカスはポテトを自分の皿にとる。

「ウプサラのアパートのこと」ペニラが言う。「ここに引っ越してくるのは、この子にはけっこうたいへんでね」

「いまでも引っ越したくない」ルーカスが言う。

「でもいまはここで暮らしてるんだから、わかってるでしょう」ペニラはミカエルのグラスにワインを注ぐ。

「ぼくはおじいちゃんのとこで暮らしてもいい」ルーカスが言う。

「でもママはとってもさみしがるよ」ミカエルは言う。少年の声には怒りが含まれている。ペニラがそれに気づいているのかはわからない。

ソースは熱く、肉は柔らかい。前菜を食べ終え、メインディッシュを半分ほど食べたところで、サロがテーブルへやってきた。前菜には手をつけず、キャセロールを数口食べるだけだ。

「うまい」サロが言うと、また電話が鳴る。「なんてやつらだ——そっとしておいてくれよ」

サロは相手の話を聞いているが、口にしたのは「わかった、ありがとう、じゃあそういうことで」だけだ。

サロは表情が落ちつき、デザートにイエスと言って、フィアンセの手にキスをした。

「ピラは料理がうまいって知ってました？」サロが言い、ミカエルは娘についての気まずい知識不足をまたひとつ認めなければならなかった。ペニラはわが子、自分が知るかぎり唯一の子だ。それなのに、ペニラよりもほかの女性の知り合いたちのほうを、ずっとよく知っている。

ミカエルはペニラの椅子に腕をまわす。ずっとないがしろにしてきたが、心の奥深くに愛情が隠れている。娘のことをよく知りたいという強い気持ちがある。ペニラが望むのなら。望むかどうかはわからないが。

「ところで、もうすぐ晴れの日だな」ミカエルは言う。「妹一家のほかに、ぼくが知ってるゲストは来るのかな」

「もちろんママは知ってるでしょ」ペニラが言う。「夜の列車で着く。レールバスの駅まで迎えにいくつもり。ほかはほとんどがヘンリィの知り合いで、あとはわたしの友達が二、三人ぐらいかな。そこそこの人数に抑えようとしたから」

「あなたのために、高くつきすぎないようにと思ってね、お義父さん」サロはにやりとして、ミカエルの背中を叩く。

ルーカスが椅子から滑りおりてミカエルの膝に乗る。

「ベッドで本を読んでくれる？」ミカエルは願いに応えることにした。

少年といっしょに眠ってしまったのにちがいない。声が聞こえて目を覚ます。

互いに大声をあげている。顔に平手打ちをくらわすようなきつい言葉。

「おまえの小言にはクソうんざりだ」サロが言う。

「でも、わたしたちのこともちょっとは気づかってくれてもいいでしょ?」ペニラがぴしゃりと言い返す。「あなたってクソいまいましい風力発電所のことしか考えられないんだから」

扉が音を立てて閉まる。つづいてもう一度。ルーカスが寝返りを打つ。ミカエルは耳をそばだてる。家のなかが静まりかえると、ミカエルはルーカスに布団をかけて一階へ向かう。

ダイニングテーブルの端で、見捨てられた王様のようにサロがひとり座っている。

「眠ったのかと思ってましたよ」サロが言う。

「ペニラは?」

「すみません、普段はけんかなんてしないんですがね。少なくとも人に聞こえるようなところでは。ペニラはちょっと出かけましたよ。たぶん外の空気を吸いにいったんでしょう」

「ふたりとも、ルーカスのことを考えるべきじゃないのかな」ミカエルは言う。「なかなか寝つけないみたいだ。子どもはけんかがきらいだろう?」

「あなたまで口うるさい女みたいなこと言わないでくださいよ」サロは立ちあがる。「さあ、サウナにでも入りましょう」

第十章

　サウナ小屋は川が入り江になったところに立っていて、そこから桟橋が川に突き出ている。手漕ぎ船が一艘、冬眠に入るのを待っている。薪サウナのヒーターには二時間ほど前から火がついている。強烈な熱気が熱い湯気のようにふたりを襲い、外の満月の冷たい光と対照をなす。ミカエルは中段のベンチに腰かける。サロは最上段に座り、缶ビールを二本あけてミカエルに一本手わたした。

「その手はどうしたんだい？」ミカエルは尋ねる。

　指が二本ないのに初めて気づいたかのように、サロは左の手のひらと甲を交互にあらためる。

「子どものとき」サロは言う。「うちにはセントラルヒーティングも水道もなかったんです。というか、薪すらほとんどなくて。森がなかったわけじゃない。親父が怠け者のだめ男でね。木こりの親方だったんですが、家族の薪のことすら気にかけていなかった。一週間仕事でずっと家をあけて、金曜から日曜までは酔っぱらってた。家を出ていくときはいつも、ちゃんとおふくろの面倒を見るんだぞって言ってね。ほかはほとんどしゃべらないんです。いいことも悪いことも。できるかぎりのことをしましたよ。弟とぼくとでね。手のこぎりと斧を使って、背の低いシラカバを伐《き》り倒して。雪が積もってないときはいつも枝を拾い集めたし、製材所に頼んで床掃除をしたあとの木屑をもらったりもした。でも、秋が深まってくるとすぐに足りなくなる。ときどき電気がくる。そのときには母が暖房をめいっぱいまであげるんですが、たいていは凍えてました。ぼくが十歳、弟が九歳になった夏に親父が丸太を大量に手に入れて、うちの裏庭に置かせたんです。それからリッガに働きにいって、秋が深まるまで帰ってこなかった。自分たちでその丸太を横引きしてから、五十センチの長さに切らなければいけなかったんです。横引きは近所の人が手伝ってくれましたよ。薪割り機まで持ってきたから、小さく切るのもやってくれるつもりだったんでしょうが、体調を崩してしまってね。その夏じゅう、ぼくらは木を割って牛舎に積みました。あと少しでやり終えるというところで、クソいまいましい小枝が木の塊に引っかかって、ぼくの手を丸のこに引きずりこんだんです。弟が緊急停止ボタンに飛びついたおかげで、手をまるまる失うのは免れましたがね。弟がシャツで止血してくれて、とれた指を氷の袋に入れた。それからそれぞれ自転車に乗って、ふたりで田舎の小さな病院へ行ったんです。そのあとは救急車でボーデンに運ばれましてね。そこで指二本は縫いつけてもらったんですが、どういうわけか福祉局が〈雑木林〉って呼ばれてたうちの状況を嗅ぎつけた。母は精神科病院に入院させられました。弟とぼくは別々の里親に引き取られた。そのとき以来、弟とは会ってません」

ミカエルは最下段のベンチへ移る。汗が太腿をつたって落ちる。サロは熱に動じることなく、そのまま最上段にいる。シラカバの小枝の束で肌を叩き、どうして南部の人間はいつまで経ってもサウナの使い方を学ばないのかと訝《いぶか》る。

「どうぞ」サロはシラカバの小枝の束を手わたす。

「ぼくはいいや、ありがとう」

「なら、こっちを叩いてくださいよ」そう言ってサロは背中をミカエルのほうへ向ける。

熱い肌に小枝の束が白い痕を残す。

「てことは、お母さんと弟と指を同じ日にぜんぶ失ったわけか」ミカエルは言う。「すさまじくつらかっただろうな。そのあとも」

「本当ですよ。何よりヨアルがいなくなったのがね。あまりにもさみしくて、幻肢痛みたいに指にそれが居すわってるんです。いまでもときどき痛むぐらいですよ。でも」サロは水をひとすくいかける。「サロ夫妻のところへ行きついて、ぼくとしては結果オーライです。ふたりには子どもがいなかった。数年後に親父が脳出血で死ぬと、ぼくを養子にしてくれました。母は家に戻ってたんですがね。母がどう思ったか、ぼくにはわかりません。そのあと一度だけ会ったんです。店の外でばったり出くわして。向こうは買い物袋を地面におろして、汚いものでも見るような目でこっちを見てきましたよ。あんたがちゃんと弟の面倒を見ていれば、それだけ言って立ち去った。むしろ好都合です」サロは言う。「そもそも、ろくな母親じゃなかった」

だがサロは、そのときの出来事を昨日のことのように憶えている。森を駆け抜け、実家の〈雑木林〉の上の岩場へたどり着いた。母が自転車でやってくるのが見える。丘をのぼりきる最後のところは自転車を押して歩き、ハンドルにスーパーマーケット〈コンスム〉の買い物袋をぶら下げている。

サロはナイフの鞘に手をかけていた。ナイフを引き抜き、木から木へと忍び足で移動して、やがてすぐそばまで近づいた。

母は玄関前のポーチに座っていた。買い物袋はひっくり返っている。緑のリンゴがいくつかとエンドウ豆のスープのビニールチューブが一本、段を転がり落ちていた。そのとき見たのは自分の母ではなかった。ただの人間だった。自分の母はすでに死んでいた。サロはゆっくりとナイフをしまい、走って村へ戻った。

「ペニラから聞いたんだが、お母さんはまだ生きているそうじゃないか」ミカエルは言う。「会いに行こうと思ったことはないのかい?」

「まったく、一度も」

「じゃあ弟は? どうなったのか知りたくない?」

「あまり。いろんな里親のところを転々として。見つけようとはしたんですがね、行き詰まってしまいましたよ。たぶん見つかりたくないんじゃないかな。とにかく、ぼくは子ども時代には別れを告げました。少なくとも実家の〈雑木林〉で暮らした年月にはね」そう言ってサロはビールを飲み干す。

「でもひとつだけ心残りなことがあるんです」サロは失った指をじっと見る。「割ったあの薪で暖をとれなかったことですね」

「悲しい話だな」ミカエルは言う。息が苦しい。肌はソーセージのピンク色に染まっていて、サウナから出たくてたまらない。

「軟弱だな」サロは声の調子を変えて言う。「いちばん下のベンチなんて、子どもしか座りませんよ。まあいいでしょう。そろそろ水に浸ってもいいころかもしれない」

外ではまた天気が変わっている。月は消えた。雨が降っている。バスルームのシャワーのように雨粒が落ちてきて、ミカエルは水に浸かるまでもないと判断する。サロは川へつづく階段をおりる。数秒後には暗闇のなかへ姿を消した。

水中に現実が入りこむ余地はない。現在も過去も。自分もいつか跡形なく消えてなくなる。サルガッソ海へ向かうウナギのように。だが今夜ではない。まだやることがある。水をふたかきして、桟橋の反対側から水面に顔を出した。

「おいおい」ミカエルが声をあげる。「驚かさないでくれよ。もしや……と思いはじめていたところだ。姿が見えなかったから」

「くだらない」サロが言う。「いつだって見つかりますよ。ほかで見つからなければ春に水門でね」

ミカエルの身体は寒さに震えている。サウナがあたたかな懐をひらいてくれる。最上段のベンチに挑戦し、新しいビールを手わたされる。

「あなたはどうなんです、ミカエル・ブルムクヴィストさん。いったい何者なんです？　有名ジャーナリスト？　あるいは大人になりたくない少年？」

「たぶん両方」ミカエルは言う。「あるいはどっちでもない。仕事での成功には賞味期限がある。昨日のニュースを憶えてる人なんていないよ。『ミレニアム』はもう存在しない。まあポッドキャストはあるけど、あれは別物だ。何か別のことをしようかと考えているところだよ」

「たとえば？」

「わからない」ミカエルは言う。正直なところわからない。ニュースを追うのが自分の唯一のスキルだ。知人たちは庭師やソムリエ、プログラマーや大工として新しいスタートを切っているが、ミカエルには自分をどこかへ向かわせる隠された天職も特別な関心もない。ひそかにミステリ小説を書いているわけでもない。一介のジャーナリストだ。すさまじく孤独なジャーナリストだとも認めざるをえない。常勤の編集チームは解散し、みんなフリーランスになった。

自分が役立たずである理由を頭のなかでつぎつぎとあげはじめる。いくらでも出てきそうだ。独り身であるのも驚きではない。恋に落ちる。相手も恋に落ちる。相手はさらに求める。ミカエルはあまり求めなくなって、関係は終わる。友人、家族、その他、誰でも同じだ。二度目のチャンスを与えられても、すべて斥《しりぞ》ける。失望させた人たち。傷つけた気持ち。わざと傷つけようとしたわけではない。さらに高邁《こうまい》な目的、天職があって、いつもそれが優先される。

本当に意味があるのは『ミレニアム』だけだ。『ミレニアム』がなければ自分は何者でもない。途方に暮れた過去の人。時代に合わせて変わるのを拒み、身動きがとれずにいる人間。進化を拒む者。居酒屋〈ネス湖〉でビールを飲みながら、ほかの憐れなやつらと夕刊を読む憐れなやつ。つまらない人間。

熱のせいか、その場の雰囲気のせいかはわからない。だがいまここで、自宅から九百キロメートル離れたサウナで、マッチョな会話と丸裸の正直さとを行ったり来たりする男のそばで、ミカエルは涙を流しはじめる。最悪だ、止められない。ミカエルは涙を流し、サロはさらにストーブに水をかける。涙を流し、中段のベンチへ移る。あまりにも激しく涙がでて、ビールはほとんど飲めない。流す涙が尽きるまで泣いた。

サロはシラカバの小枝の束でミカエルを叩く。「サウナがあればカウンセラーなんていらないんだ！」

「よし、そのクソをぜんぶ追いだしてやれ」

第十一章

翌日、サロは書斎のソファで目を覚ました。服を着たままだ。誰かが、おそらくペニラが、ブランケットをかけてくれていた。ペニラが憎たらしいほど親切でいるのをやめてくれればいいのに。だがあの女に邪悪な骨は一本もない。少しは自分みたいになってくれればいい、そう思うこともある。そうすればバランスがとれるのに。だが無理だ。怪我をした動物がいたら――そこにはサロ自身も含まれる――ペニラは保護して世話をする。料理がうまく、口を挟まずに話を聞いて、聖餐用のワインを見る絶対禁酒者と同じくらいしらふな目ですべてを見る。

おれはろくでなしだ。ろくでなしはシャワーを浴びて昨夜のことを思いだそうとする。ふたりでサウナにいた。だがそのあとは？　最後に一杯飲もうと思った。それから……なんてことだ、メッタ・ヒラクへ長いテキストメッセージを送った。返事がないともう一通送り、さらに一通送った。最後には電源がオフになった彼女の携帯に電話して、留守番電話にメッセージを残した。何を言ったのか、正確には思いだせない。ろくでなしは冷たいシャワーで自分を罰する。少なくとも最悪の二日酔いは追い払ってくれる。

二時間ほどしたら、風力発電所に本気で関心を示している三つ目の企業と打ち合わせがある。スウェーデン人のマルキュス・ブランコが所有するグローバル企業だが、その人物のことはよく知らない。当然、同社の財務状況は調べ、その結果を精査して、役場の法務担当者カタリーナ・ダ・シルヴァと書類について話しあってはいたが、これまでは仲介者を通じてやり取りしてきただけだ。

マルキュス・ブランコという名の人物は世界にたくさんいるが、これから会う人物らしき男は見当たらない。ヘンリィ・サロは親会社のCEOをグーグル検索してそれに気づいた。同社のプレゼンによると、ブランコは表に名前を出さない人物であり、不動産やセキュリティーなどさまざまなビジネスで成功を収めているという。写真に写ったりソーシャルメディアで自分を宣伝したりせず、表に姿を見せないこと自体はとくに不思議ではない。だがこの男についてプライベートなことを何も掘り起こせないのは、やはり少しおかしい。

丹念に身だしなみを整える。ダニエル王子のように髪を櫛でうしろになでつけ、一階におりてキッチンへ向かう。

「おはよう」そう言ってフィアンセの頭にキスをする。

「おはよう」ジャーナリストが言う。少年は目を背ける。

「町へ行くんなら乗っけていってもらえるかな？」ミカエルがつづけて言う。

「もちろんです」サロは時間を確認する。「五分後に」

「さて」車に乗るとサロが言う。「ガスカスを観光したいんですか？　なら鉱業博物館が絶対におすすめですよ。ガスカスの歴史の誇り高い一面ですからね」

「ちょっとした買い物をして、図書館へ行きたいんだが」

「はは、ペニラはやっぱりお父さんにそっくりだ。ペニラはこれまでの貸し出し記録保持者にちがいないですよ。少なくともミステリではね。ぼくは伝記のほうが好きだな。いまはイーロン・マスクについての本を読んでます。すごいやつですよ！」

「ぼくが読みたいのは、おもに新聞だよ」

「ならわざわざ図書館へ行く必要はありませんよ。うちで『ガスカッセン』をとってますから」

サロはミカエル・ブルムクヴィストを降ろして役場へ向かう。相談したい用件があって寄ってくる者たちをかわして歩く。待ってもらわなければならない。しつこい頭痛のようにメッタのことが頭から離れず、腹はトイレへ急行しろと訴えている。グラスの水に鎮痛剤を三錠溶かし、マルキュス・ブランコとの面会に備えて気持ちを落ちつけようとする。プロジェクトグループ全員で面会に臨みたかったし、最低でもダ・シルヴァには同席してもらいたかったが、ブランコからはっきり言いわたされていた。会うのはふたりきりだと。

〈ブリッタのツリーホテル〉は、車で三十分のハーラズにある。念のために個室を予約し、ランチも手配していたが、到着したとたんに計画が崩れ去る。マルキュス・ブランコは車椅子に座っていた。脚はつけ根からなく、義肢もつけていなくて、ブランケットで覆ってもいない。車椅子に乗った浅黒い肌の男。どこかから養子としてもらわれてきたのかもしれない。そもそもスウェーデン語を話せるのか？　男の身体が不自由なのを見て、サロの胃は少し落ちついた。

「はじめまして」サロはツリーホテルを選んだことを謝罪する。あらかじめ知る術はなかった。

「気にしないで結構。この場所はすべて借り切ったのでね」ブランコはスロープを通ってなかへ入る。

ブランコのスウェーデン語はまったく問題がない。ランチタイムでいつもなら混みあっているはずなのに、オーナーのブリッタすら姿を消したようだ。テーブルにふたりの席が設けられている。食べ物にはドーム型の覆いがかぶせられている。

ブランコはテーブルの上座に車椅子をとめて書類の束を取りだす。地図と事業計画書だ。自分も宿題をしてきたことを示すかのように、サロはフォルダ、メモ帳、町のキャッチフレーズがついたペンを取りだす。上へ、前へ。〝さあヘンリィ。上へ、前へ〟

ブランコがテーブルに地図を広げる。西側のわずか一部を除いて、エリア全体に赤のフェルトペンで斜線が入れてある。

「これはなんです？」サロは言う。

「ブランコ・グループが風力発電所を建設する地域です」ブランコが答える。「ご存じのとおり、土地の大部分は林業会社と自治体が所有している。ほかの地主は同意しているのかね？」

あの鬼ばばあとくそラップ人ども。今朝起きてからサロは何度もそのことを考えた。

咳払いしてフォルダをひらく。

「現状では、あなたのところを含めて三社で風力発電所建設を分担してもらうことになっています。

どのように分けるか、案をつくりました」サロは地図に指を走らせる。「その案では御社が担当するのは第二フェーズで、建設開始は二〇二五年の予定です」

「単独で参入したい」ブランコはフォルダをサロへ押し返す。

サロは窓の外へ目をやる。雪まじりの雨がガラスをつたって落ちていく。リスが枝から枝へ跳びうつる。職工のバンがゆっくり丘をのぼってくる。

疲れている。くたくたに疲れている。考えをまとめて、しかるべきことを言おうとする。ブランコ・グループには資本があるが、フィンランド企業も同じだ。オランダ企業はまばたきひとつせずノルボッテン全体を買い占められるくらいだ。どこかが手を引いたら、次は中国企業が待っている。こちらのカードを見せねばならない。おそらく多少しらを切りながら。

「わかりますよ」サロは言う。「だが建設予定地の三分割は、専属エコノミストたちの助言をもとに議会で正式に決定済みです。事業計画書にはっきり記していますよね。ブランコ・グループがそれでも興味があると言うのなら」サロは土地の区分けを示した地図を取りだす。「ここがあなたたちの自由になる土地です」そして境界線を指でなぞる。

「家族はいるのかな？」ブランコが言う。

「どうしてです？」

「ただ訊いただけだ。純粋に礼儀としてね。わたしには家族がいない。ブランコ・グループがわたしの子どもで、親で、兄弟で、友人だ。われわれには完全な権利を得るのがとてつもなく重要でね」ブランコは言う。「ところで地主はみんな同意しているのかな？」

「まだです」サロは言う。「だが時間の問題ですよ」

「ちょっとした噂を耳にしてね」ブランコは言う。

それぞれのフォルダ、地図、ブリーフケースを挟んで、ふたりはにらみあった。

「その噂によると、決定的に重要な場所に住んでいるのに、土地を手放すのを拒んでいる女性がいるというじゃないか。トナカイ所有者のヒラク家もそうだ。風力発電所ができたら、トナカイが怯えて放牧できなくなると主張している。どうするつもりかな？」

サロはあきらめた。なんでもないふりをつづけるエネルギーをかき集められない。「老女のほうは降参するでしょう。請けあいます」サロは言う。「少し時間が必要なだけです」

「で、ラップ人のほうは？」ブランコが言う。

「そうですね」サロは言う。「金がほしいにちがいない、ほかのみんなといっしょですよ」

「やや時間がかかりそうだな。だが提案がある」マルキュス・ブランコは言って、サロのペンを借りる。「われわれはこの部分をもらう」そう言って事実上エリア全体を指し示す。気前のいいことに、西側の地帯をわずかに広げてはいたが。「ほかの二社も、それぞれ最低五十基の風力タービンを設置する余地がある。同意してくれたら、役場のほうでは女もサーミ人も心配する必要はない。こちらで片をつけよう。少年聖歌隊員を目の前にしたカトリックの司祭と同じぐらい、こちらの案にたちまち飛びつくはずだ」

おかしな喩《たと》えだ。思っていたのとは異なる方向へ話が展開しはじめている。ブランコだけが相手なら、すぐに同意して厄介な問題にも片がつく。ヒラク家とリエカット家にブランコたちがどう対処するのか、聞いておく必要すらない。

個人的には、誰が風力発電所の費用を払おうが知ったことではないが、フィンランドとオランダの企業は最初からプロジェクトに参加している。スウェーデンのエネルギー市場に長年かかわってきた有名企業であり、誰も聞いたことのないブランコ・グループとはちがう。サロはたいていの首長が望めるより大きな力を持っているが、議員たちを無視するのは論外だ。次の支部会議で民主的に決断を下しても、決定を変えることはできない。オロフソンとその仲間たちを味方につけられたとしても、透明性、環境ナチス、独占禁止法、その他のくだらないあれこれのために、ブランコ・グループの計画にはストップがかかるだろう。

「もうひとついいことがある」マルキュス・ブランコは紙に何かを走り書きする。

「ゼロがたくさんついてますね」サロは言う。

「きみの安物スーツのポケットに入れたまえ」

サロは紙を折りたたんで上着のポケットへ入れる。「その手は通じませんよ」サロは言う。「今日はここまでにしましょう。同僚たちと話しあって、近いうちに返事をします」

「よろしい」ブランコが言う。「だが、質問に答えていないな」

「どの質問です？」

「家族がいるか」

サロは立ちあがり、フォルダをかばんに入れて椅子を机の下に押し入れ、車椅子の男を見おろす。

「誰にだって家族はいます」サロは言う。

「たしかに。いる家族を大切にしなきゃいかん」

サロは出口へ向かったが、急に踵を返して高級電動車椅子の男のところへ戻った。

「脅しのつもりなら言っておきますがね、脅迫は好きじゃない。土地の分割については最善を尽くすつもりですが、脅したからといってVIP扱いにはなりませんよ。わたしと家族を脅しても、結果を決めるのは民主的に下された決断であって、わたし個人じゃありませんからね」

〝サロ坊やよ。おれには脚はないかもしれんが、腕は遠くまで届く。セキュリティー会社が過去をどれだけ掘り返せるか、おまえが知ってさえいれば〟

サロ自身もおおむね同じことを考えている。自分には現在も過去も味方につかない。やがて味方は何もなくなるだろう。


サロは車で町へ戻った。途中で〈マックス・バーガー〉のセットをテイクアウトし、オフィスに閉じこもる。最初のひと口を食べようとしたところで、ブランコからまた接触があった。今度は代理人を通してだ。感じのいい女。少なくとも最初のうちは。引き締まった身体をしていて、露骨なほど魅力的。完璧なまでにサロの好みだ。

「ランチの最中におじゃましてすみません」女は言う。「でもいい知らせをすぐにお伝えしなければと思って」

「考えなおしてくれたのならうれしいですね」サロは言う。「つまり、風力発電所がいろいろな企業のあいだで分割されるのは、あなたがたにとっても都合がいいんですよ。何が起こるかわからない。

たとえば来年の選挙。あるいは突然、電力の過剰供給で価格が下がるかもしれない」

「わたしたちの決定に変わりはありません」女は言う。「ブランコ・グループが九十パーセント、ほかが五パーセントずつ。気前のいい決定です。あくまですべてを要求することだってできたわけですから」

〝この女は自分を何様だと思ってるんだ？〟

「じゃあ、いい知らせっていうのはなんです？」

「銀行の口座を確認してください。がっかりはしないでしょう」

「わたしの口座に金を振りこんだってことですか？」乾いた口に何かを必要としてコーラへ手をのばす。

〝ペニラ〟

「ええ。法外な利率で借りている昔のギャンブルの借金を清算して、まだお釣りがくる額です」

「だが……どうして知ってるんだ？」頭がくらくらする。上着のなかで汗がいやな臭いを放つ。

「ご心配は無用です。ペニラさんには漏らさないとお約束します」

「いや、これはいけない。わたしは賄賂は受けとらない。これまでもこの先も。信頼、評判がある」

口ごもって先をつづけられず、また腹がゆるくなる。

「友だちからの贈り物とお考えください」女は言う。「警察はそうは思わないかもしれませんけど。町議会も」

「まさにその警察に通報するつもりですよ」サロは言い、腹の調子が少し落ちつく。

「おすすめしませんね。ところで、かわいい息子さんがいらっしゃいますね。とてもお行儀がいい。ほかの人も子どもをもっとちゃんとしつけなきゃって思いませんか？」

〝ルーカスか――〟

「いったい何が目的だ」

「不可能なことじゃありません。九十パーセントの土地と、土地所有者全員の同意だけです」

第十二章

残高六十一万四千三百五クローナ。サロは銀行のウェブサイトで口座のページを見つめていた。ゴルフ場を何度か無料で利用させてもらっただけで辞職に追いこまれた職員もいる。いますぐ負けを認めるべきか？　金をオンラインカジノ〈ラッキー・ストライク〉へ移して賭け、一攫千金を狙うか？姿を消して国を去る？

〝ペニラとルーカス〟

そんなことはできない。解決策を見つけなければならない。問題は解決するためにある。チームの会議でいつもそう言っているじゃないか。大きすぎて解決できない問題なんてない。コーヒーとケーキで祝い、背中と尻を叩いて励ます。

今回は完全に次元がちがう話だ。〝家族はいるのかな？〟。警察へ行かなければならない。警察と執行委員会へ。

〝期限は七日。時間はありませんよ〟

ダ・シルヴァには明日会う予定がある。いい出発点だ。彼女は頭が切れて秘密を守れる。それに解決策も提案してくれるにちがいない。だが秘密を守らなかったら？　そもそも自分個人の法務担当者ではなく、役場の法務担当者だ。

いや。それはできない。自分はスープのなかで孤独に泳ぐ蠅だ。町長の浮き沈み。メディアに好き勝手書かせるつもりはない。サロは行動の男だ。生まれという面では運が悪かったが、ほとんどのやつがそうだろう。その後は驚くほどスムーズにことが運んできたし、ここで終わりにするつもりはない。億単位のプロジェクトが町に流れこんでいる。確固たる熟練の手腕によって、たいていのプロジェクトは成功に導ける。ときには議員の反対を乗りこえてでも。遅かれ早かれ、みんな賛成にまわる。賛成しなければ蚊帳《かや》の外に置かれる。重要なのは妥協だ。パデルセンターと引きかえに屋内乗馬場、ふたつ目の屋内スケートリンクと引きかえに文化センター、青銅器時代のサーミの遺跡にゴルフ場をつくる代価に屋内マーケットを設ける。だが、目と鼻の先で待ち構えているものと比べたら、それらはすべてつまらぬものだ。ともかく望むものをサロが手に入れられるのなら。

鉱山の計画はさらに先の話だ。時間に余裕があり、世論を味方につける時間がある。高インフレ、金利の上昇、住宅価格の高騰は、かならずしも政治上のバイアグラにはならないが、仕事の心配をする人が増えれば増えるほど、こちらは大きな夢の実現に近づく。鉱山は雇用の機会を生む。少なくとも書類上は。結局、恩恵を受けるのは外国人労働者だとしても、こちらのせいではない。労働組合が現実離れした賃金を要求するのなら、すべての産業部門で東欧アクセントの英語が公用語になるだろう。それはこちらの問題ではない。そうじゃない。鉱山の問題は、この地のあらゆるものをずっと苦しめてきたのと同じ問題だ。つまりトナカイと環境ナチス。

ウイスキーを少し注ぐ。ひとつだけ入れた角氷《アイスキューブ》が、クリスタルのグラスに当たって音を立てる。

現実に戻ろう。はっきりものを考えなければならない。現在ではなく未来へ目を向けるのは、魅惑的だが欺瞞だ。議員に対処し、役場の職員にも対処する。まだ契約はひとつも結んでいない。みんなこちらの方針に従い、ブランコ・グループに望みをかなえさせるだろう。うまく言いくるめればいい。残るは土地所有者たちだ。例の年寄りと、いまいましいラップ人。

何かを象徴するかのように、半開きになっていた窓が音を立てて閉まった。雨が窓ガラスに打ちつける。風が強くなってきた。

ちっともよくないアイデアだ。それどころか、酒を飲んでいることを考えると、とんでもなく悪いアイデアだが、思いつくのはそれしかない。

車に乗りこみ、ガウパ岬の数キロメートル先で左折する。

家の下で速度を落としてウインドウをおろす。ワタスゲの綿毛が雨に頭を垂れていて、耕された一画の土地にマツムシソウが広がっている。納屋の屋根が崩れてのめりこんでいる。畑の端には、大鎌のついた草刈り機が薄暗がりのなか骸骨のように立っている。

窓に人影が動くのが見える。サロは玄関につづく段をあがってドアベルを鳴らした。壊れているようだ。代わりに扉をノックして、一歩さがる。

女が扉をひらくと、ふたりは立ったまま何も言わない。

「あんたみたいな人間がなんの用だい？」

「少し話がしたいだけですよ」サロは言う。

「そうかい、じゃあ入りな。熱が逃げないようにね」

女はコーヒー用の鍋に水を注ぐ。粉を数杯入れたが、最後の一杯はやめた。歓迎しない客のためにコーヒーを無駄にしたくないとでもいうかのようだ。「当ててみようか」と言い、サロが答える前につづける。「土地を風力発電所に売るように説得したいんだろ。でもそんなことはしないよ。死ぬまでね」

〝まさにそうなるかもしれないんだが〟

「いい雰囲気だ」サロは言い、昔風のキッチンを見まわす。いまだに鋳鉄の薪コンロを使っていて、薪の入ったバスケットがある。裂き布を織った長いラグが木の床に敷かれている。窓台にはゼラニウムの鉢が所狭しと並んでいる。

女はカップ、牛乳パック、砂糖入れを乱暴にテーブルに置く。ティースプーンがソーサーに当たって音を立てる。

「お茶菓子はなくてね」女は言う。「貧乏な年金生活者は贅沢を控えなきゃいけない。おそらく、あんたにはわかんないだろうけどね。スケートリンクや鉱山に金を使うほうがいいんだろ」

「決めるのは議員で、ぼくじゃありませんよ」自分を少しでもよく見せようとサロは言う。

女はサロを一瞥《いちべつ》する。〝のこのこやってきて、でたらめ言うんじゃないよ〟。その視線は語っている。〝何もかもわかってんだから〟

「もっとはやく来なかったのが意外だよ」女は言う。「石を投げれば届くような距離に住んでるだろ？」

「ガウパ岬ですよ」サロは言う。「もう二年ほどになります。妻が、というのも、もうすぐ結婚するんですが、ずっと田舎暮らしを夢見てましてね。ウプサラ出身なんです。息子は九歳で魚釣りが好きなもんで、川沿いの家が理想で」

サロは家族のことを話しつづける。信頼感。女が好きなのはそれじゃないか？

「土地のことで来たって？」余計なおしゃべりは無用だ。

「そのとおりです」サロは言う。「建設工事をはじめる手はずはすべて整っています。ヨーロッパ最大の風力発電所ですよ。雇用の機会がたくさん生まれる。金が地域になだれこむ。無限の電力」

「ほかにもいろいろ」マリアンヌ・リエカットが言う。

「そう、ほかにもいろいろ。あなたが邪魔をしていなければ」

「邪魔してなんかいないよ」マリアンヌは言う。「工業地帯になんて暮らしたくない。風に吹かれる木や川の水の音を聞きたいんだ。数えきれないほどの風車がブンブンいう音じゃなくてね。あたしには自分で決める権利がちゃんとある。あんたが大物ぶりたくて、風力発電所をつくろうと熱心でも、あたしにはなんの関係もないさ。あたしはここで暮らしてる。死ぬまでここで暮らすつもりだよ。あたしの土地に風力発電所はつくらせない」

「それでも風車の音は聞こえますよ」サロは言う。「あなたの所有地は全体のごく一部にすぎない」

「拒んでるのはあたしだけじゃないって、わかってるだろ」マリアンヌは言う。

「あなたとヒラク家で世界に刃向かってるわけです。どんな印象を与えるかわかるでしょう。あなたの取り分は、最低でも年に十五万クローナになる。場合によってはもっとだ。その金があれば何ができるか考えてみてください。年金でやっていくのはたいへんだって、さっき自分で言いましたよね」

「言ってることがわかんないのかい？　金には換えられない価値ってのがあるんだ。とにかく、そろそろ帰ってもらおうか。用が済んだんならね」

簡単なことだ。女の皺だらけの首に両手をまわす。死体は車のトランクに入れる。暗くなったらすぐ滝に捨てる。いや、こうしたほうがいい。丸太で頭を一撃する。それから滝へ。浮きあがってきても殺人の疑いはかからない。よくある事故にすぎない。

ヒラク一家は？　農地は三人のきょうだいが共有している。メッタ。やつらも殺すべきか？

「コーヒーをありがとう。でも考えてみてくださいよ。土地が大切なのはわかりますがね、せめて地球の未来と子どもたちのことを考えてください。われわれが引き起こした気候危機のもとで育たなきゃいけない子たちのために、ぜひお願いしますよ。ほかの誰のためでもなく」

第十三章

「名前は？」

「なんで？」

「いや、別に。話せて楽しかった。また会えないかな」男は自分の手を彼女の手に置く。彼女はそれをすぐさま払いのける。

「それはない」リスベット・サランデルは言い、シートベルト着用サインが消えるやいなや席を立つ。子連れの家族のあいだをすり抜けて、ゲートを出る人の流れに乗る。

荷物は少ない。着替えが少しとノートパソコン、各種ケーブル、トレーニング用の服、革が乾いてひびが入った底がつるつるのスニーカーをリュックに詰めただけだ。必要なものがあれば途中で買えばいい。十月にしてはあたたかい季節外れの太陽に迎えられる。空気が澄んでいる。息ができる。

ホテルにチェックインすると、すぐにミルトン・セキュリティーのイントラネットにログインした。どうでもいいようなメール二通に返信する。とんでもなく頭の鈍い同僚からだ。仕方がない、この人間は書類整理のために雇われているのだから。「よい週末を」とは書いてやったが、カリーナ・ヨンソンの週末はいつもどおりさみしいのだろう。

リスベットは雑談が苦手だ。だが会社の共同所有者になって以来、社交スキルを求められるようになった。とくに月曜に出社しなければならないときは。スタッフが一人ひとり出社してきてコーヒーを淹れ、前の月曜とほぼ同じことを話す。

カリーナ・ヨンソンの人生は、とにかくちゃんとして普通であることを基本にまわっているようだ。きのこを採り、大掃除して、劇場へ行き、豪華な朝食をつくって、イケアへ足を運ぶ。自分へのご褒美という言葉をよく使う。自分へのご褒美に新しいワンピースを買ったの。ときどき自分へのご褒美に外食くらいしなきゃ。とにかく人生の楽しいことをご褒美にする。

「人生の何を知ってるの？　生まれたばかりのわたしのほうが、いまのあなたより大人だった」リスベットはつぶやく。

相手がカリーナでもほかの誰でも、リスベット自身には週明けの雑談に提供する話題はない。一匹狼で、それを気に入っている。ミルトンのスタッフから見れば、リスベット自身が望んだ孤独だ。《ロード・オブ・ザ・リング》のライブや、ヒルトン・ホテルでひらかれるテック業界の集まりには誘われなくなった。悪気があって断るわけではない。ただ、人間の解読はデータ漏洩《ろうえい》の発見とはちがう。別の何かが求められる。おそらく行間を読む力が。

ごくわずかな例外を除いて、他人との関係にはエネルギーがあまりにもたくさん求められる。何かをくれる人は、見返りに別の何かをほしがる。

毎日が同じだ。仕事をする。仕事をしていないときはトレーニングをするか眠る。特定のパートナーはいない。子どももいない。ペットもいない。鉢植えの植物すらない。だから恰好つけるつもりもない。仕事とトレーニングのことのほか、自分のことは無駄に話さない。

「いまもボックスキッキングに通ってるの？」カリーナはとてもフレンドリーな調子で尋ねるから、リスベットもフレンドリーに答えなければならない。「キックボクシングっていうんだけどね」とは言うが、いまは空手をやっていて、すべていまいましいパオロ・ロベルトのせいだとはわざわざ説明しない。彼が誰と寝ようが知ったことではないが、人身売買事件のヒーローだったかと思えば、次の瞬間には買春の常連になっていたのは、ちょっとひどすぎる。

だがこの週末、リスベットはいつもとまったくちがうことをしている。基本的に百パーセント自分の意思に反したことを。

ミニバーのなかをのぞく。コカ・コーラはない。代わりにビールをあけて、ひと息に飲み干す。ビールひと缶を一気飲みしたときの独特の心地いい酔いが襲ってきて、頭がくらくらする。

百パーセント自分の意思に反して。でも、本当だろうか。わざわざ飛行機に乗って、ノルボッテンのしけた場所まで行きたいと思うわけがない。筋の通った理由はいくらでもあげられるが、実際ここにいることをどう説明するのか。強制されたわけではない。頭に銃を突きつけられたわけでもなければ、巨額の報酬につられたわけでもない。自分のなかの何かがこれを選ばせたのだ。

まさにそれこそ、リスベットが思う人間のいやなところではないのか。感情にもとづいた決断。論理の欠如。

そんなのはいやだ。自分には数学がある。数学には抗不安薬をはるかにしのぐ不安軽減効果があるうえ、一見単純だが何千年もかけなければひとりの人間では解決できないさまざまな命題によって、落ちつかない頭を満たしてもくれる。

リスベットはゴールドバッハの予想の未解決問題《ミッシング・リンク》に夢中になっていた。二より大きな偶数はすべて二よりも大きいふたつの素数の和である、というゴールドバッハの仮説はおそらく正しい。誰もそれを反証できていないからだ。だが、正しくない可能性もある。答えは気まぐれな人間の心ではなく、無限にある素数の連なりに見いだされるはずだ。

だからリスベットはパターンを探している。夜な夜な、ときには日中も、明確で安全な数字のなかで時間を過ごす。反証を見つけてゴールドバッハを乗りこえるためではない。そうではなく、彼がまちがっている可能性そのものに意味があるのだ。それに、リスベットの努力が実って反証が現われるとしたら、それは完全に純粋なもののはずだ。人間の意見や主観から解放された存在。真実とは数字の安定した配列である。一つひとつ列に並んでいて、突然そこからはみ出すものが現われる。

いまいましいあの心理療法士が悪いのだとリスベットは思う。クルト・オーグレン。リスベットはすぐに〝インゲおばさん〟とあだ名をつけた。

なめらかな声、下手くそな手づくりティーカップ、偽りのない共感力によって、彼はリスベットの心をひらかせる。リスベットに語らせる。ずっと昔に葬り去られ、よみがえらせるべきでないことを。

セラピーが終わると、リスベットはすっかり疲れきっている。リトル・ハーレムでピザをテイクアウトして、家に帰って眠る。午前四時ぴったりに目が覚める。自分は何を言ってしまったのか、それはなぜなのかと訴える不安の声によって。

インゲおばさんは、リスベットはそろそろ〝安全地帯《コンフォートゾーン》〟の外へ出るべきだと考えている。リスベットがいまもとどまる非安全地帯の多くを知っているはずなのに。

「だからこそです」彼は言う。「世界はあなたが思っているほど邪悪ではないのですよ」

世界はあなたの想像を絶するほど邪悪なの、インゲおばさん。結局、安全地帯の外には出られなかった。自分のなかで何かを整理しなおさなければならない。記憶を消し去り、新しい考えに置きかえなければ。


初回のセッションは惨憺《さんたん》たるものだった。彼はじっと座り、リスベットが口をひらくのを待っていた。口をひらかずにいると、彼はお茶を淹れた。ふたりで無言のままお茶を飲む。聞こえるのは壁の時計の音だけ。四十五分間のチクタク。そしてリスベットは九百五十クローナ払って家へ帰り、彼にメールした。

「あと何度か試してみましょう」そんな返事がきた。「何を話したいかを決めるのはあなたで、わたしではありません」

次のセッションでも、彼はまたお茶を淹れた。トレイを手にバランスをとり、寄せ木張りの床に合成樹脂のサンダルが音を立てる。リスベットは椅子を選ばされた。そして、その理由を尋ねられる。

「ドアのほうに背を向けないように」リスベットは言う。

「説明してください」彼は言う。春になって氷がとけた川のように、言葉があふれてきた。それから一年あまり経った。

〝自分の意思で北へ行くわけじゃない。でも行く。世界がいい場所だからじゃない。クソみたいな場所だ。自分の意思でセラピーへ行くわけじゃない。でも行く。

そこで自己精神分析のエネルギーは尽きた。心を落ちつかせるため、そして考えなおす時間をとるため、二日ほどはやく北へやってきた。たくさんお金を払って、このホテルにひとつしかないスイートルームを予約した。望んでいたとおり家具が少なくて壁は飾り気がなく、ベッドは硬い。いまは後悔へ気持ちが傾いている。チェックアウトして南へ向かう飛行機に乗り、フィスカル通りでいつもの生活へ戻れ。

サイレントモードにした携帯電話がテーブルで震える。見憶えのある市外局番だ。固定電話からかけてくるのは公的機関か高齢者だけで、高齢者の知り合いはもういない。電話に出たが、こちらからは何も言わない。もしもし、もしもしと言わせておいて、ようやく「はい」と答えた。

「ああ、いらっしゃったのですね、サランデルさん」女が言い、エルシー・ニィベリと名乗る。「ごきげんいかがですか?」

「問題ありません」リスベットは答える。

「よかったよかった」女はくり返し、少し会えないかと尋ねた。

「面会はあさってですけど」リスベットは言う。

「わかっています。ただちょっとしたことがあって」女は言う。「電話では話しにくいんです。こちらへお越しいただくことはできますか?」

「いえ」リスベットは言う。「でも、ホテルでなら会ってもかまいません」汚い髪に手を通し、腋の下のにおいを嗅ぐ。相手がほかの誰かなら、シャワーを浴びたかもしれない。

第十四章

リスベット・サランデルはロビーの魔法びんから無料のコーヒーを一杯注ぐ。ぬるくて金属のにおいがするが、頭のなかのプレッシャーが軽くなる。

肘掛け椅子に腰をおろす。見わたすかぎり、いかにも福祉局というやぼったい人間はいない。見まちがいはしない。周囲を見まわしながらリスベットは思う。スーツがバーのまわりに群がっていて、スポーツジャケットがシャッフルボードをやっていて、オフィスブラウスが仕事後の一杯を飲んでいて……ああ、あそこにいた。一枚目の自動ドアを抜けて入ってくるところ。典型的な女性ソーシャル・ワーカーだ。年齢不詳、グレーがかったブロンドの髪、苦悩によって刻まれた額の皺。カンケンのリュックサックはオリジナル・モデルで、脇のポケットから折りたたみ傘が突き出ている。オフィスを出るときに外し忘れたIDカードを首にぶら下げたままだ。

女は立ちどまる。あたりを見まわして仕事後のブラウス集団を見つけ、笑顔でそちらへ向かっていく。リスベットは狼狽《ろうばい》する。自分の勘ちがいにショックを受けていて、どこからともなく男が現われて手を差しのべていることに気づかなかった。

「エリック・ニスカラです」男は言う。「エルシー・ニィベリは体調が悪くて、代わりに来ました。何か飲みますか？」そうつけ加えてビールをすすめる。

リスベットはうなずく。数分後、目の前にビールとピーナッツが置かれた。

ニスカラはコートを椅子にかけ、やや大儀そうに腰をおろす。大柄で体重もかなりありそうな男だ。カーディガンの下の腹のまわりでは、シャツのボタンがはち切れそうだ。しかし目は鋭い。リスベットはそれにも気づく。

「さて」男は言う。「この案件には急にかかわることになりましてね。それはともかく乾杯。ガスカスへようこそ。このインディア・ペールエールは地元で醸造されていましてね、酒屋でも売られているんです。飲んでみてください。パイナップルの独特の香りがします」自分のジョッキごしにリスベットを見て、ぐいぐいと数口飲む。ひげについた泡をぬぐって、最後に言う。「ああ、うまい。これを楽しみにまる一日過ごしてたんだ。薄いグラスで飲む、キンキンに冷えたビール」

そしてわれに返ったようだ。仕事中に酒を飲むのはまずいこと。あらたまった用件があること。使い古した革のブリーフケースから眼鏡とプラスチックのフォルダを取りだし、椅子の背にもたれる。眼鏡をかけて、また外す。腹が許すかぎり前のめりになり、思わぬことをした児童を見る教師のような目でリスベットを見る。悪いことをしたわけではないが、よいことをしたわけでもない子を見るように。

「スヴァラのことです」男は言う。「あなたの姪ですね、わたしの理解が正しければ」

「ロナルド・ニーダーマンの娘です」リスベットは答える。「会ったことはありません」

「ええ、わかっています」男は言う。「だが、あなたはスヴァラの緊急連絡先として登録されています。名前も電話番号もわからなくて、見つけるにはどうやら時間がかかったようですが、いまここにいらっしゃる」

どうやって見つけたのか。リスベットは探りを入れるが、男は何も知らない。

「わたしは一介の児童福祉職員にすぎません」男は言う。「ハッカーじゃないですからね」

リスベットもビールを数口飲む。いまいましい鼓動。いまいましくてしつこい頭痛。それに、いまいましいニーダーマン。子どもなんかつくるべきじゃなかった。だが、リスベットは知りようがなかった。仮に知っていても、何ができただろう？

やるかやられるか。単純な話だった。向こうがこちらを狙ってきたのであって、その逆ではない。おそらく最後のときを除けば。いまでもお気に入りの思い出だ。ＳＭクラブのマゾヒストのように鎖で引きあげられたニーダーマンの巨体。怒り、うつろな目、口から漏れるドイツ語。何台ものバイクの音が近づいてくる。バイクに乗って町へ戻る自分。自由を味わいながら、ダークレッドのホンダで。

結論。リスベットが他人にしたあらゆる悪事のなかでも、ニーダーマンの死はとりわけいいことだ。後悔は一切していない。残された子のことを考えたとしても。

「父親のことは何かご存じですか？」ニスカラが尋ねる。

「知りません」リスベットは言う。「会ったことがありません」

「それでは、どれほどのあいだ子どもとかかわりがあったかもわからない？」

「知りません」もう一度言う。

リスベット・サランデルはニスカラをじっと見すえる。あまりにも長く見ているので、ニスカラは視線を下げざるをえない。

「わかりました」と言ってフォルダをいじる。「単刀直入に話しましょう。緊急の受け入れ先が必要で、スヴァラはあなたがいいと言っています」

「わたし?」リスベットは言う。「子どもの面倒は見られません。無理です。会うことには同意しましたが、それだけです」いまとなっては、なぜ会うことにしたのか思いだせない。「おばあさんがいるんでしょう。そこで暮らすのがいちばんいいんじゃないですか?」

「まさにそれが理由で、今日お目にかかる必要があったんです。問題はですね、スヴァラのおばあさんが今朝亡くなったのです。あの子が発見者です」

「なんてこと」リスベットは言う。「どうして亡くなったんですか?」

「わかりません」ニスカラが答える。「おそらく心臓発作でしょう。玄関に倒れて亡くなっていたそうです」

「なんてことなの」リスベットはまた言うが、内心〝畜生〟と思っている。この厄介事を切り抜けるチャンスがあったとしても、もはや消えた。もちろん断ることはできる。福祉局が里親を見つけ、リスベットは二度とそのことを考えなくていい。だが福祉局は失態を犯すのが大の得意だ。その子を地元の小児性愛者のところへ預けるかもしれない。

「もちろん、彼女がずっと暮らせる家族を見つけようと動いていますが」ニスカラが言う。

「見つかるまでどれぐらいかかりそうですか?」リスベットは言う。

「わかりませんが、条件が合う家族が地域内に数世帯あります。すぐ見つかるかもしれません」

「いいえ」リスベットは言う。「やっぱり無理です。ストックホルムに戻らなきゃいけないので」それは嘘だ。自分の好きなように、どこへでも行き来できる。オフィスがなくても仕事はできる。だが子ども。ティーンエイジャー。無理だ。ナナフシでさえ預かれと言われても断るのに。

ニスカラはフォルダをひらいて書類をめくる。

「この子には、なんの問題もありませんよ」そう言って読みあげるのにふさわしいくだりを探すが、気を変えてフォルダごとリスベットへ手わたした。「ひと晩考えてみてください。本来なら機密の書類なんですが、まあ、例外扱いしてもかまわんでしょう」ニスカラは含み笑いをする。「そもそもあなた、セキュリティー業界で働いているし」

第十五章

カタリーナ・ダ・シルヴァはもうオフィスに来ていた。コーヒーカップを準備して、シナモンと砂糖がかかった長いパンを切る。

「あの手のやつらが菓子パンなんて食べるかな」サロは言う。

「シナモンは人の心をやさしくするの。必要かもでしょ。今度は向こうが何を望んでいるのか、わかっているんですか？」ダ・シルヴァは尋ねる。ヘンリィ・サロの取引先のために週末に邪魔が入ったことは、かならずしも快く思っていない。

「ぼくが向こうの側についているっていう確約、かな」

ツリーホテルでの面会とブランコ・グループの希望のことはダ・シルヴァに話した。風力発電所の大部分を手に入れ、ほかの二社にはわずかな区画しか渡さないというのがブランコ・グループの意向だ。

脅迫のことには触れなかった。あれが脅迫だったとしてだが。

「来てくれて助かったよ」サロは言う。「書類のうえではなんの問題もないんだがね、オーナーのマルキュス・ブランコはどこか怪しい気がする。あの男のことを探ったほうがいいと思うんだ。こちらの条件のひとつは、一部の電力を地域に残すこと。でなければ、すべて成り立たなくなる。水力発電のおかげでガスカスにはすでに充分な魅力があるが、将来のプロジェクトにゴーサインを出すには、はるかに大きな発電容量を保証できなければいけない」

「そんなことは知ってますよ」ダ・シルヴァが言う。「ブランコ・グループのことは、どれほどご存じなんですか？　つまり会社自体のことは？」

「すでに明らかになっていることぐらいだね。もとはセキュリティー企業で、鉱山、不動産、製造業に投資している。本拠地はウメオ。資本は潤沢」

十二時五十五分、サロは出迎えのために正面入口へ向かう。一時ぴったりにマルキュス・ブランコが滑りこんできて、そのあとに〈大山猫〉がつづく。

「新しい顔ですね」サロは言い、〈大山猫〉と会ったことがないふりをする。「ガスカス町議会へようこそ。特別会議室でお話をできればと思いましてね。どうぞ、そこを右です」

「で、きみが弁護士か？」ブランコがダ・シルヴァを見る。

「わたしは役場の法務担当です。引退していますが、必要なときには出てきます。今日みたいに」そう言ってフォルダの紐をほどく。「ご提案についてこちらで話しあって議員に諮《はか》ったのですけれど、当初の決定がいまも有効だというのが結論です。三つの事業者で平等に土地を分割する」

ブランコは何も言わない。芝居のようにわざと動きをとめ、町、川、警察署、破産管財局を見わたす。腹を立ててはいない。ただ待っているだけだ。

「失礼、ご婦人がた。ヘンリィ・サロとふたりきりで話したいのだが」ようやくブランコは口をひらいた。

ダ・シルヴァはかすかに抵抗を示した。だが、立ちあがって〈大山猫〉のほうを向く。

「じゃあ、しばらく休憩室にいきましょうか」


「メッタ・ヒラクと知り合いのようだな」ふたりきりになるとブランコは言った。

「ええ」サロは言う。「どうしてです？」

「彼女と話したいことがあるんだが、見つけられなくてね」

「姿を消したと聞いています、町を去ったと」サロは言う。「でも、わたしとなんの関係が？」

「ちょっとした調査をしてね。きみとヒラクは付きあっていた。悲しい結末を迎えたティーンエイジャーの恋愛」

「三十年も前の話ですよ。何が言いたいんです？」

「わたしの理解が正しければ、いまでも彼女に会っているようだな」

「何が言いたいんだか、やっぱりわからないな」サロは言う。

「こちらの情報源によると、ほぼ確実に、きみはいまも彼女のことを気にかけている。おそらく婚約者のことよりも。何かあったら、きみにも彼女にもきわめて残念なことになる。ちがうかな？」

全身、全感覚、直観、その他のあらゆるものに突き動かされ、立ちあがって叫びそうになる。〝おれの人生にかかわるな。おまえのクソ風力発電所なんてクソくらえだ。おれのことはほっといてくれ!〟

「はっきり言うとだ」ブランコは言う。「土地を保証しろ。でなければ、ヒラクは永遠に姿を消す。そのあとは当然、きみの正式な家族もだ。たとえば将来の妻ペニラ。ルーカスのおじいちゃんは――ミカエル・ブルムクヴィストといったかな?――孫をとてもかわいがっているそうじゃないか。いいことだ」

「それはどうも」サロは言う。「もうたくさんです」サロがみずから認める数少ない長所は、心が燃えあがっていても冷静でいられることだ。いまサロは地獄のなかで判断を迫られている。どちらの人間を選ぶのか。

メッタ・ヒラク……ふたりはツリーホテルの〈鳥の巣〉の部屋で目を覚ます。何時間も経っていたが、わずか数分のように感じる。彼はまだ横たわっていて、脚を彼女の脚に絡めている。しっかり抱きしめておけば、彼女はここにいてくれるかもしれない。

「しばらく姿を消さなきゃいけないの」彼女は言う。「でも連絡するから」

それ以来、送られてきたのはひとことだけ。〝恋しい〟。いまもその言葉にすがって生きている。

「メッタ・ヒラクは好きにしてください」サロは言う。「わたしの問題じゃありませんからね。申し訳ないがお役に立つことはできない。ルールはルールです。用件がそれだけなら、そろそろお引きとり願いましょう」

この男がさらに口をひらく前に追いだそう。

だがマルキュス・ブランコは、ただ車椅子を滑らせて出ていく。ありがとうもさようならも言わず。

第十六章

エリック・ニスカラがホテルを去り、リスベットはひとりで席に残された。ファイルをひらき、また閉じる。とっちらかった考えを整理しようとするが、あきらめた。ファイルをレザージャケットの内側に押しこんでバーへ向かう。

店内は週末のはじまりを祝う客でにぎわいだしている。今度は氷がたくさん入ったコーラを注文する。ひと口飲んだところで、どこかの愚か者がぶつかってきてグラスが床に落ちた。

「まあ、ごめんなさい。濡れなかった？　ちょっと待って、ペーパータオルを持ってくる」その誰かが言う。

赤い髪と赤いネイルの若い女。赤い爪は嚙んで短くなっている。リスベットとよく似たレザージャケットを羽織って黒のジーンズを穿き、まったく同じブーツを履いている。

「まあ」女がまた言う。「同じ店で服を買ってるんじゃない？　あなたとわたし。何を飲んでるの？」女は尋ねる。「ラム・アンド・コークでしょ。一杯おごらせて」

「ありがとう」リスベットは言う。

「イェシカよ」女は手を差しだす。

「リスベット」

「このあたりの人じゃないよね？」イェシカは尋ねる。「でなきゃ知ってるはず」

「ここの人間じゃない」リスベットは言う。「あなたは？」

「わたしはここの出身。シェレフテオより遠くには行ったことがない。夫とはシェレフテオで会ったの。わたしと同じガスカス出身で、子どもができて故郷に戻ってきた」

「結婚してるんだ」何か話さなければと思ってリスベットは言う。

「離婚したけど」

ふたりはしばらく無言のままで、バーテンダーがシェーカーを振るのを見ていた。Tシャツの下の腕には筋肉がついている。

「同じ学校だったの」イェシカはトム・クルーズ似のバーテンダーをあごで指す。「この町にはふたつのタイプの人間しかいない。スポーツマンとそのサポーター」

「あなたはどっち？」リスベットは尋ねる。

「ふたつ目、たぶんね。別れた夫はアイスホッケーの選手だったから。でもあの世界はもうたくさん。新しいカテゴリーをつくらなきゃね。ワーカホリックとか。ストレスでくたびれた母親とか。あなたはどのタイプ？」イェシカはリスベットに尋ねる。

復讐者、ハッカー、殺人者。「ワーカホリック」リスベットは言う。「それにスポーツ好き。運動をして仕事してる。それだけ」

「子どもはいないの？」

「いない」

「男は？」

「いないとだめ？」

「もちろん、そんなことない」イェシカは言う。「キュウリで充分。少なくともキュウリはホッケーなんてしないし」

「しゃべりもしない」リスベットは言う。

「踊らない？」イェシカが言う。「下の階にダンスフロアがあるんだけど」

「ダンス？」

「そう。腕を振りまわして、お尻をちょっと揺らすやつ。それならしゃべらなくていいし。行こ」イェシカはヘアクリップを外して髪を背中にたらす。

ダンスが嫌いなわけではない。ずいぶん長いこと踊っていないだけだ。

音楽は大音量で、ダンスフロアは混みあっている。センスのよいダンスを見せる場ではない。どちらかというと集団儀式のようで、酒に酔ってハッピーになった大勢の人がジャンプして、歌に合わせて甲高い声をあげている。

カワカマスがアシの茂みにいる場所

狐が玄関にしのびよる
密造酒がガレージで泡をたてる
それが故郷と呼びたい場所

うねりを打つ人の群れのなか、イェシカもリスベットの腕をつかんで声をあげる。

蟻の巣のような街に誰が住みたい
人は高飛車、邪悪
雪がちらつきゃパニック状態
蚊を払いのける軟弱者

イェシカの髪が振りまわされ、リスベットの顔に当たる。ストロボの閃光が赤から紫へ変わり、イェシカの顔の輪郭が石板のように鋭くなる。

魔女みたいだ。とんでもなく背が高くてセクシーな魔女。リスベットはイェシカを引きよせる。ダンスの汗と香水のにおいを吸いこみ、押しつけられる腰の骨、こちらの手をしっかり握るそばかすのある前腕と手を感じる。だが音楽が静かになって人が散ると、イェシカは一歩うしろに退いた。クリップで髪をとめ、何か飲みたいと言う。

ふたりは一杯飲む。イェシカはトム・クルーズと軽口をたたきあい、リスベットは何もできずに忘れられた子どものように片隅に立っている。

もちろん、できることはある。自分の部屋へ戻ればいい。資料に目を通し、断る言い訳を考える。無理、無理、無理。自分の生活にティーンエイジャーの少女はいらないし、ほかのどんな女もいらない。なのに、トム・クルーズがほかの客に呼ばれてイェシカがこちらを向くまで立っている。

「まだいたんだ」イェシカは言う。「わたしは帰るけど、会えて楽しかった」

ダンスフロアでの親密さはもうない。イェシカの声はつっけんどんだが、リスベットはいちかばちか試してみる。みんなリスクを避けるとリスベットは思う。人が本能に従うことはめったにない。だからときどき背中を押してやる必要がある。

「このホテルに泊まってるんだけど」リスベットは言う。「よければ部屋で一杯飲んでいかない？あとでタクシー呼ぶから」

イェシカはリスベットをじっと見る。携帯電話を取りだしてメッセージを送り、答える前の儀式のように残っていたワインを飲み干した。

「やめとく」イェシカは言う。「頼んでるベビーシッター、十二時までだから」

第十七章

四時四十五分に白のバンがフリードヘム難民センターの前でとまる。単独でやってくる子どもと若者の収容施設で、ガスカスのすぐ北にある。

何かを配達しにきたわけではない。どちらかといえば集荷だ。簡単にいえば、注文の品を調達するため。注文を受けてまだ一時間も経っていない。

小学生ぐらいの子がふたり、壁にボールを蹴って遊んでいる。日勤の職員がちょうど帰宅するところで、フレイ・アールッドが夜のシフトに入っている。いつもと何も変わらない日。いつもと同じ金曜日。

ボールが〈狼〉の足もとに転がってくる。片足でボールを止め、さっと空中にあげて、力のかぎり遠くまで蹴り飛ばす。

「ナイスシュート」〈熊〉が言う。「ちっこい茶色の畜生どもを走らせてやれ」

ふたりは受付へ歩く。窓にカーテンがかかった立方体の小部屋で、ドアはたいていあいている。

「やあフレイ、ひさしぶりだな。時間外勤務か？」

フレイは机の向こう側で反射的に身を縮める。強盗に追いつめられたかのように、ノートパソコンを閉じて電話を近くに引きよせた。

「なんの用です」フレイは言う。「二度目はないと言ったはず」

「でも来た」〈狼〉は机のファイルを無造作にいじる。

「出ていかなければ警察を呼びますよ」フレイは言う。

安堵、そして希望が〈狼〉の全身に広がる。あとはこっちのものだ。のんびり構えて楽しめばいい。

「そんなことできるかな」〈狼〉は言う。「おまえの妻に連絡してほしいのなら、話は別だが。ああそうだった」〈狼〉は舌を鳴らす。「おまえの奥さんとはもう話したんだった。家はもらうし子どもは単独親権を要求するって伝えてくれってさ。お子さんたちとはさよならだな。もっとも子どもたちには、たいした痛手でもないだろう。父親が小児性愛者でうれしいやつなんているか？」

「望みはなんです」みじめなしゃがれ声でフレイが言う。

「前回と同じ。それ以上でも以下でもない。できれば十八歳未満の黒人少女」

「どれだけひどいことか、わかってますよね」フレイは訴えるように言う。

「ひどいという点では、あの子たちをだしにおまえが金をもらってるのと変わらない」

「こんなことはやめてください」フレイが言う。「わたしはマネージャーで、ポン引きじゃない」

「じゃあ銀行取引明細について警察に説明してみるといい。さっさとしろ、こっちも暇じゃないんだ。さあ、どっからはじめる？」

受付にいちばん近いのは幼い子どもの部屋だ。次に少年用の区画があり、奥が少女用だ。フレイを先に立たせてそこへ向かう。気が進まないフレイは、のろのろ歩いて時間をかせぐ。

そのすぐあとを歩く〈狼〉は笑みを浮かべる。フレイ・アールッドの身体は逃げ道を求めて悲鳴をあげている。蜘蛛のような脚はよろけている。ハンバーガーのようにふくらんだケツを見ていると我慢できなくなる。完璧に狙いを定めたキックが決まってフレイは数メートル先まで飛ばされ、犬のように四肢を床につく。

「お願いです」犬は哀れっぽい声をだす。「蹴らないでください。言うとおりにしますから」

「逃げ道はない」〈狼〉はフレイを引っぱって床から立たせる。「だからさっさとしろ」

フレイが最初の部屋をノックすると、なかから「待って」と声がした。

「何を待つってんだ？　入るぞ」少女はシャワーから出てきたばかりで、なんとか身体を隠そうとする。不安げな目をフレイに向ける。

「悪いね」フレイが言う。「こんなふうに押しかけるつもりはなかったんだが」

「痩せすぎだ」〈狼〉は言う。「次の部屋！」ノックもせずに勢いよく扉をあけ、すぐに閉める。

「ここは本当に難民キャンプか？　クソみてえなエイズ診療所だな」〈狼〉はフレイの腕をねじあげる。「最後のチャンスだ。でなければ、子どもの区画へ行くぞ」

「痛い、やめて、痛い、やめてくれ」フレイの泣き声は、今度は拷問を受けている猫のようだ。「信じてください、もう女の子はいません。町でなら見つかるんじゃ？」

〈狼〉は目の前にいる猫を蹴る。まんなかのふた部屋には人がいない。最後の部屋には鍵がかかっている。

「鍵は持ってません」フレイが言う。フレイの首は細い。男の手はがっしりしている。廊下の壁は固い。

「ドアをあけろ、こん畜生」畜生は扉をあける。

「ハハ」〈狼〉は声高に笑う。「このごちそうを隠しときたかったのも無理はねえな」

「ソフィアはやめてください」フレイは止めに入ろうとして言う。「せめてまずこっちから話をさせてほしい」と頼んでベッドに腰かける。

「あの人たち、何しにきたの？」ソフィアが言う。

「話をしにきただけだよ」フレイは言う。「きみの家族のことだと思う。ひょっとしたら新しい情報が入ったのかも」

「なんの情報？」

「わからない。いっしょに警察署へ来てほしいと言っている」

「警官には見えないけど」

「警官も見た目はいろいろだ」フレイは言う。

彼女の肌、手、唇、目、輝き。フレイは声を震わせないよう努める。

「言われたとおりにしていれば、夜には家にいられる」フレイはソフィアの肩に腕をまわす。「怖がる必要はないよ」

甘やかすのはそこまでだ。手首が折られる。心がつぶされる。ふたりの兵士とひとりの少女が裏口から出ていく。

数分後には、何もかもが普通に戻る。六時に夕食。七時に映画タイム。偽のナンバープレートをつけた白のバンは北へ向かう。

第十八章

初雪には毎年感動する。イェシカ・ハルネスクは冬がない土地で暮らしたことがないが、それでもいつも驚きを覚える。

突然、雪がそこに積もっている。毎年、朝一番に。鮮やかな色彩をはるか前に失って茶色に変わった秋に上塗りされる白の絵の具。

雪が降り積もり、町は静まりかえっている。職場へ向かう車が滑るように何台も通りすぎる。まさにこれがイェシカの望む世界だ。平穏。

カレンダーの偶数週。つまり子どもたちが父親ヘンケのもとで過ごす週。金曜の夜に踊りにいった。いったい何を考えていたのだろう。その場の思いつきだった。ハンナから電話があって、ベビーシッターは必要ないかと尋ねられた。お金を稼ぎたい妹のためなら、なんだってしてやりたい。イエスと答えてデート相手に電話した。相手が姿を見せなかったのはまた別の問題だが、むしろさいわいだ。ヘンケの友人なのだから。自分は何を考えていたのだろう。いや、何も考えていなかった。

彼の目の憎しみ。彼からぶつけられた言葉。

「ところで」子どもたちを引きわたすためにふたりで玄関に立っているとき、ヘンケは言った。「店でハンナと会ったんだが。おまえの週のときまで出かけなきゃならんほど必死なのか？」

「あなたには関係ないでしょ」イェシカは言うが、関係ないことはない。子どもたちの父親として、などなど。

ヘンケには言い返さないことにしている。最近は子どもたちの目に何かを感じる。さらに悪い何かすら。哀願。両親が仲よくいてほしいという望み。

反論が返ってこないので、ヘンケは黙りこむ。代わりにメッセージを送ってきたが、イェシカは返信しない。

車から雪を払い落とす。ああ、仕事に行けるのはなんてほっとするのだろう。

ほかの人は月曜に腹痛に襲われる。イェシカの場合は日曜だ。子どもたちが去り、まる一週間顔を合わせなくなる日。あるいはヘンケのところから戻ってくる日。子どもたちは狂躁ではちきれんばかりで、落ちつかせるのに何日もかかることがある。

ヘンケのところでは、もちろんそんなふうにはならない。子どもたちは、また父親のところに戻れてとてもよろこんでいる。

「この子たち、ずっとおれのとこにいたほうがいいんじゃないか？」ヘンケは言う。

「どうかしらね」イェシカは言い返す。

人は自由を得るために離婚する。そんなのはたわごとだ。

電話が鳴る。職場ではハルネスクと名字だけで呼ばれている。

「もう家は出た？」ビルナ・ギューードムンドゥルドッティルが尋ねる。実際的な理由から、彼女はビルナと呼ばれている。

「ガレージに入ったところ」

「よかった。朝食はすませた？」

「ううん。今日は月曜よ」

ガスカスの警察署はスウェーデンのなかでも小さな部類に入るが、近年では規模が拡大している。十一年前にイェシカがやってきたとき、警察官は二十人だった。いまは三十人ほどになったが、それでも足りない。誰かが病欠したら、たちまち影響が生じる。

「シモンは子どもが病気で休み。タニヤは歯医者に行ってて、モニカは夫が心臓発作を起こした。そこまで深刻じゃないみたいだけどね」ビルナが言う。「午後になったら出勤するって。念のため、おチビさんに電話しといた。コブダリスのおばあさんのとこにいるらしいけど、いざというときには出てきてくれる。午後には精神科病院の拘禁を手伝わなきゃいけないの。彼に同行してもらうかも」

おチビさんは重大犯罪班の新入り訓練生だ。最低でも二十三歳のはずなのに、十二歳ぐらいにしか見えない。さらに言うなら、両親は彼をクラース＝ヨーランと名づけた。十二歳にはありえない年寄りくさい名前だ。

ビルナが、ちょっとした食事を用意してくれていた。手づくりの薄パン、バター、チーズ。イェシカは柔らかくてもっちりとしたパンを少しちぎり、コーヒーに浸す。食欲がない。

「さあ、ミーティングの時間だぞ」ファステが声をかけるが、すでにみんなそろっている。ファステはわがもの顔でイェシカの席に座り、背にもたれた。

「また月曜だ」ファステは言う。「週末はどうだった？」

「難民センターから連絡がありました」ビルナが言う。「一名行方不明になったそうです」書類をテーブルに置く。

「その子は永住許可を持っているの？」イェシカが尋ねる。

「ええ」ビルナは言う。「高校の最終学年に在籍しています。向上心のある子です。フラットを借りたばかり。月末にはそこへ引っ越す予定です」

「どっかの男と駆け落ちしたんだろ」ファステが言う。

「でも、そうじゃなかったら？」ビルナが言う。「金曜に行方がわからなくなっています。ルームメイトが土曜の朝に電話してきたんですが、こちらは人手不足で。マーケット・ホールの正式な開所式と、ガスカス＝ビョルクレーヴェン間のカーレースのほうが重要だと判断されて、この件はまだ調査していません」

「やっぱり男の可能性がいちばん高いと思うがな」ファステが言う。「だがもちろん、おまえとハルネスクで行ってってくれ」


イェシカは本日一服目の嗅ぎ煙草を上唇の裏にはさむ。パンを食べられなかったにもかかわらず、嗅ぎ煙草のおかげで腹が動きだす。トイレに腰かけ、頭のなかで一日の計画を立てようとする。

着信音。［着替えを詰めることすら憶えてられないのか？　この役立たず］

着信音。［火曜の夜に保護者懇談会があるって、どうしてリマインドしてくれなかった？］

着信音。イェシカは音を切る。

「いつまで我慢しなきゃならないの？」ビルナが言う。

「ヘンケのこと？」

「彼もだけど。ハンス・ファステのこと」

「選択肢はないでしょ、わたしの知るかぎりね。彼には長年の経験があるし、暴力犯罪関係の部署に慣れてるし、小さい子どももいないし」

「あまりにもイヤなやつよね」ビルナが言う。「タニヤのこと、なんて呼んでるか聞いた？　子猫ちゃんだって」

「彼にはちゃんと言っとく」イェシカが言う。「タニヤが自分で話してないんならね」

「話したって。今度は雌猫って呼ぶようになったらしい」

車で橋を渡り、ハンドルを切ってヨックモックの方角へ向かう。

フリードヘム難民センターは、ガスカスから北へ二十キロほどのところにある。家政専門学校の旧校舎を利用した施設だ。昨夜降った雪はすでにとけつつある。屋根から水がしたたり落ちる。猫が中庭を駆けぬける。

「来てくださってありがたい」フレイ・アールッドはふたりをオフィスへ招き入れ、椅子をすすめた。

事務所と彼が呼ぶ部屋だ。「わたしはモータラ出身でしてね」身体を震わせながらフレイは言う。「この寒さにまだ慣れません」

「いちばんいい季節がはじまったばかりですよ」ビルナが言って、イェシカは笑顔になる。少なくとも心のなかでは。南部の人間が初めて経験するガスカスの冬は、笑ってすまされるものではない。今年はマイナス三十二度の日が最低三週間はつづけばいい。そして春の花が咲きはじめて冬が終わったと素人が思いこんだころに吹雪が来ればいい、とビルナは願う。

だが夏もたやすくないとイェシカは思う。あたたかくなると、たちまち蚊が卵からかえる。穏やかな夕べを楽しもうとする人間から蚊が栄養をすべて吸いとると、今度はアブがやってくる。アブは情け容赦がない。生きているものはすべてサーロイン・ステーキと見なす。アブ、蚊、スズメバチ、その他の空飛ぶ侵入者が人類をそっとしておくことにしたあとは、ブユが到来する。ブユを撃退する塗り薬もスプレーもない。やつらは目が大好きだ。目の縁に入ってきて涙を吸い、黄色いねばねばしたもののなかに卵を産む。

「いやしかしマダニほどひどいものはないですよ。ここにはいないでしょう」フレイが南部でライム病になりかけたときのことを詳しく語りだしたところで、イェシカが割って入った。

「女の子のことですが」イェシカは言う。「ソフィア・コナレ。彼女は自分の意思で出ていったとお考えですか？」

「わかりません」フレイは言う。「先週の金曜、わたしは出勤していませんでしたから。ルームメイトの話だと、ふたりは夕食の当番だったらしいのですが、ソフィアは姿を見せなかったといいます」

「子どもたちは自由に出入りできるのですか？」イェシカが尋ねる。センターを訪れるのは今回が初めてだ。

「ええ、そのとおりです」フレイは言う。「当然、幼い子からは目を離さないようにしていますが、ソフィアは成人だったので」

「だった？」ビルナが怪訝《けげん》そうに尋ねる。いかにも彼女らしい。直接的でやや唐突。視線で溶岩を固められるアイスランド人女性の子。

ビルナは人気者で思いやりがある。だがそのほかにイェシカは彼女をほとんど知らない。尋ねられるずっと前から、踏みこんだ質問を拒む何かがある。

ビルナを見ていると、あの女を思いだす。ホテルのバーで会ったリスベット。イェシカはいまでもあの夜のことを考える。いっしょに踊って、それから……そう、自分はタクシーに乗って子どもが待つ家へ帰り、天に感謝した。いまの自分に不安ほど不要なものはない。ヘンケはあらゆるところに目を光らせている。

「成人ですので」フレイは訂正する。ビルナのひとことに明らかに動揺している。「いずれにせよ、金曜に電話してきたときはとても元気でしたよ。いま持ちあがっているフラットへの引っ越しの話をして。車で荷物を運んであげようと申し出たんですが」

「親切ですね」ビルナが言う。

子どもたちの部屋は小さい。ベッドがひとりに一台ぎりぎり置ける広さで、共用のベッドサイド・テーブルとクローゼットがあり、たんすの引き出しはひとりひとつだ。もっとも荷物の量を考えれば、それ以上のスペースは必要ない。各季節の服と教科書を除けば、部屋は監房のように殺風景だ。

「壁に絵でも飾れないの？」ビルナが言う。「せめて床にラグでも敷くとか？」

「地下にはスパをと？」フレイが言う。

「ルームメイトと話したいんですけど」イェシカが言う。「いまいますか？」

フレイは時計を見る。「いいえ。ファトマは町の高校へ通っています。四時のバスで戻ってくるはずですが」

「じゃあ出なおします」イェシカが言う。

「ぜひお願いします」フレイが言う。

「いったん失礼します。ご協力に感謝します、フレイさん」ビルナが言う。

第十九章

マルキュス・ブランコが横の扉から車椅子で部屋に入ると、人形はベッドの端に座っている。バスローブを脱いで横になるように言われていたのに、座ったまま身を縮めている。

ブランコは最高の笑顔になる。本当にかわいい。引き締まったすばらしい肉体にちがいない。それが黒人少女の長所だ。このかわいい子は、ぽっちゃり型だ。女のふくよかな肉に身を沈め、母のような腕に抱かれる。それよりすばらしいことがあるだろうか？

瞬きする人形の目が恐怖に大きく見ひらかれると、ブランコの笑みはさらに広がる。

待っていろ、ブランコは思う。おれがシルクのガウンを床に落とすまで。

「名前はあるのか？」ブランコは尋ねる。彼女は小さな声で何か言うが、聞こえない。「わたしに怯える必要はない」とつづけるが、怯える姿を見ると興奮する。主張が強くてうぬぼれた声の大きな女は願い下げだ。目の前のベッドの子は、まるで小さな兎のようだ。捕らえられた野兎。二度と自由の身になれないと悟り、どんなふうに死ぬのかわからずに身を震わせている。

「名前を教えてくれ、わたしの人形。そうすればなんの心配もいらない」

「ソフィア」ようやく彼女は言う。「ソフィア・コナレ」

「名字はなんだってかまわんが、聞いたからには尋ねなきゃならん。アルファ・ウマール・コナレ（一九四六〜。元マリ大統領）の親類か？」

どう答えるのが正解なのか、ソフィアにはわからない。

「コナレは偉大な男だった」ブランコは言う。「構想力ある男だったが、不幸にも道を誤った。だが、いまはあいつのことではなくおまえのことを話そう。歳はいくつだ？」

「十四歳」年少者を装うことで状況がましになることを願い、ソフィアは嘘をつく。彼女が道徳心に訴えかけていることをブランコはわかっている。結局のところガキはガキだ。穴は穴だ。豚のものでさえなければ。

「着ているものを脱がなきゃならんのはわかってるだろう。脱ぎたいかどうかは関係ない」ブランコは言う。「やると心を決めたら、すべてやりやすくなる。どちらにとってもな」

ソフィアは自分の身体を抱きしめていた腕をゆるめ、躊躇するかのようにまた身を縮める。おそらくほかに選択肢があると思っているからだろう。ある意味では選択肢はある。ブランコは彼女をただちに葬り去ることもできるのだ。だが運がよければブランコの期待にかない、もう少し長く生きられるだろう。

従順にしていれば時間を稼げると思っているらしい。馬鹿なやつでむしろ都合がいい。彼女はゆっくりバスローブを脱いでベッドカバーの下へもぐりこんだ。

ブランコのペニスはシルクのローブの下でふくらんでいる。すぐにそれを脱ぐことになる。人形たちが最初に見せる反応が好きだ。大きく見ひらかれる目。脚がないのを見たときのショック。つけ根しかない脚と、堂々とした勃起のコントラスト。

「かまわない」ブランコは言う。「怖がるのはおまえが最初じゃない。大きいが危なくはない。少し向こうへずれてくれるかな」そう言って自分の身体を持ちあげ、ベッドに飛び乗る。脚に用はない。妊娠数週間の時点で消えてなくなった。どうしようもないことのために泣くのは、とっくの昔にやめた。義肢を使うのは最後の手段として必要なときだけだ。いまは必要ない。腕が不足を補ってあまりある働きをする。いまはそれを使って少女の頭を押し下げ、股間へ近づける。

「さあ、脚をなでてくれ。そうされると気持ちがいい」いつもの冗談がいちばんおもしろい。

丸い頬をつたって涙が落ちる。ユーモアのセンスはあまりないらしい。

「よしよし人形、泣くんじゃない。パパが慰めてやろう。な?」泣けば泣くほどブランコの意欲は高まる。彼女は自分の支配下にある。望みどおりになんだってするだろう。

彼女はすでに落ちついた。やりやすいように身体の位置を変える。

「よしよし人形、こんどはパパが楽しむ番だ」だが、すべてがきわめて順調に進んで少女がやるべきことを理解したところで、扉がノックされる。

「失せろ」ブランコは言う。「忙しい」

「重要なことです。待てません」

ブランコは彼女を見る。人形は目を閉じている。眠っているのかもしれない。性的に満たされたら、こんなふうにぐったりするものだ。

ソフィアは目を閉じて現実を遠ざける。日が暮れていく。村のようすはいつものその時間と変わらない。仕事や学校から帰宅した女と子どもでいっぱいだ。

弾丸をこめたカラシニコフを持ち、弾薬帯を身体にかけた兵士たちが入ってくるときには、すでに暗くなっている。

兵士たちは何も尋ねない。長老との面会も求めず、なんの説明もない。撃つ。見境なく、動くものはすべて撃つ。

ソフィアはおばの横に座っている。おばが撃たれ、その身体がソフィアに倒れかかる。

血が流れてきて顔をつたう。目に入る。

「動かないで」おばが囁《ささや》く。「死んだふりをするの」

聞こえた言葉は、それが最後だ。

眠りに落ちたのにちがいない。日が昇っている。兵士たちも目を覚ましつつあるのが、おばの腕の下から見える。皿に残ったものを食べている。ライフルの銃身で死者を念のためにつついている。子どもまで。ジョゼフまで。身体は血まみれの塊になっていて、生きている気配はないのに、それでもまた撃つ。身体がぴくりと動く。生きていた！　弟は生きていた！

〝わたしも撃って〟。ソフィアは言うが、誰の耳にも届かない。

おばの身体が重くのしかかっている。目を閉じたいけれど無理やり見る。自分が語らなければ、誰がこれについて語るの？

兵士たちの見た目に初めて注意を向ける。顔から制服へと目を移す。いつも見ているのと同じ見た目の兵士もいる。同国人。自分より若い兵士もいる。子ども。だがほかにも。外国人。国旗のない制服。赤く日焼けした肌の巨漢たち。

ブーツがこちらへ向かってくる。ソフィアは目を閉じる。

ブーツはおばの死体を蹴る。ソフィアもそれにつられたふりをして身体を横向きにする。兵士はすぐ目の前にいる。彼はソフィアに向かって前かがみになる。手をソフィアの頬に当てる。二本の指で首に触れる。

ソフィアは目をあけた。どうとでもなれ。ソフィアは覚悟する。

一瞬、ふたりの目と目が合う。兵士はソフィアの目を指で閉じる。「死んでおけ」男は英語で言う。

「そのまま死んでおけ」


ブランコはベッドから出て車椅子に乗る。

神は太陽をつくり、地上で最初の女性、人類の最初の母親ルーシー（エチオピアで化石で発見された三百二十万年ほど前の女性原人）を照らした。彼女の黒い肌が、午後の最後のひと筋の太陽のもとで光を放つ。おそらく今夜はあとでここに戻ってくる。そうしなければいけない。

第二十章

ガスカスに闇が落ち、昼が夜より短くなった。日を追うごとに暗い時間が数分ずつ増えていく。ここで暮らす者は、さまざまなかたちで冬と向きあう。冬を愛する人が多い。スノーモービルのエンジンがかかり、スキー板にワックスがかけられる。バーベキューの火が灯って人が集う。昼が夜より短い日々には、雪が救いになる。雪がほのかな光を提供して、みんながこう言う。南はもっとひどい。少なくともここには雪がある。

こんな季節が訪れる一カ月ほど前、メッタ・ヒラクは娘の髪にキスし、母にうなずいて家をあとにした。上着のフードをかぶって、徒歩でベリエット工業団地へ向かう。

メッタは仕返しすることに決めた。ペーデル・サンドベリを自分の人生から消し、ガスカスを去る。心の準備はできている。誰もそれを否定しないだろう。十年間も耐えてきた。最低でも。

娘を含め、みんなに死んだと思われて生きなければならない。娘のための行動だが、自分のやり方でやり遂げる必要がある。辛抱強く。

すべて順調にスタートを切った。期待以上に。メッタは最高のお手本から学んでいた。少なくともガスカスの基準では。まず、スヴァーヴェルシェー・オートバイクラブのナンバー2に取り入った。考えるだけで吐き気がしたが、それでも。目を閉じて母国のことを考えろ――イギリス人は不快な行為に耐えるとき、そんなふうに言うのではなかったか。息を止めてさっさと終わらせろ。ソニー・ニエミネンは彼女と恋に落ちた。メッタは……彼の支えになった、と言えるかもしれない。誰も見ていないところで、泣くソニーに肩を貸した。メッタほどこの世界をよく知る人間はいない。プロンプターのようにソニーがすべきことをすべて囁き、花を持たせた。メッタほどこの世界をよく知る人間はいない。信頼感を築いた。

だがメッタは、ペーデル・サンドベリの行動にも逐一目を光らせている。ペーデルが本来のターゲットだからだ。少年がいつでも大物を尊敬するように、ペーデルはソニーを崇拝している。ペーデルはふたりの関係に不満を示すだろうとメッタはわかっていた。メッタをほしいわけではないが、メッタがほかの誰かのものになるのはいやだからだ。だが相手がソニーとなると、ペーデルも許す気になった。ベリエット工業団地に引っ越しまでした。うまくいった！ 唯一の問題は自分の所有物、自分だけの所有物をどこに隠すかだ。スヴァラと自分だけのもの。

時間を巻き戻そう。ニーダーマンが死んだとき、スヴァラは数千クローナを相続した。メッタはペーデルがその金を使ってしまうとわかっていた。そこで銀行に預金はせず、ビットコインを買った。それが何なのかわかっていたわけではない。完全に酔っぱらい、〈ボンジョルノ〉で会ったどこかのコンピュータおたくといい仲になって、飲み会のあといっしょに家に帰ってきた。翌日、メッタは後悔した。家賃を払わなくてはならないのに六千クローナは銀行口座になく、どこかのアカウントへのログインＩＤがあるだけだ。問題はパスワードを憶えていないこと。どうしようもない。家賃の滞納は執行官のもとへ照会され、メッタの記録にまたひとつ傷が残った。

これは二〇一〇年の話だ。一ビットコインはせいぜい一クローナだった。二〇二一年まで早送りしよう。一ビットコインは六万八千四百八ドル。それに六千を掛ける。４５５３４０６０００なんて数字は、どう発音すればいいのかすらメッタにはわからない。

それはともかく、パソコンが壊れたときにメッタはそれを電気店〈ゲームストップ〉へ持っていった。中身を外付けハードディスクへ移すのを手伝ってもらうためだ。残しておきたい写真があった。理由はそれだけ。ビットコインのアカウントのことは、とうの昔に忘れていた。

不思議なことに、すべてがしかるべきところへ落ちつく。ペーデル・サンドベリが出ていった。値打ちあるものはすべて持っていった。テレビも、スヴァラの切手コレクションも。それに……外付けハードディスクも。そこでようやくスヴァラが相続した遺産のことがメッタの頭によみがえった。どうやらペーデルの頭にも。世界にはビットコインのアカウント情報が入ったまま捨てられるハードディスクがたくさんある。どれだけの額か、この男が知らないのはさいわいだ。

ある夜、この馬鹿男は泥酔して床で眠り、メッタは彼の部屋へ忍びこんで持ち物を探った……

冬ははじまったばかりなのに外は寒い。身体をあたためようと早足で歩く。毎年秋にはもっと厚手の上着を買わなければと思うが、結局、先延ばしにする。

娘のほうが問題だ。いまだに足首丈の靴下と底が剝がれかけた白の偽コンバースでずるずる歩きまわっている。周りから浮いてはいない。つま先が丸まって羊毛の裏張りがついたサーミ人のブーツなんて、完全に時代遅れだからだ。それにスヴァラは不満を言わない。ある意味で超然としていて、まるでこの世の存在ではないようだ。もっと文句を言っていたら、新しい履き物を手に入れていたかもしれないのに。

メッタ・ヒラクには、娘のことで罪悪感を覚える理由がたくさんある。まず何より、娘がそもそも生まれたこと。精子と卵子の遭遇までさかのぼるなら、いちばん悪いのは精子提供者だが、メッタに非がないわけでもない。ロナルド・ニーダーマンと付きあうには、たぐいまれなる強い意志が必要だ。でも、でも……当時は若かったし、実家を離れたかった。そしてあんなふうになった。心の傷には可能なかぎり蓋をした。身体の傷は新しいタトゥーでうまく隠した。

娘が彼のようでなくてよかった。彼が死んでくれたのもよかった。彼と比べたら、その後のことはどれもささいな問題だ。娘のことを除いて。スヴァラ・インガ＝メッタ・ニーダーマン・ヒラクは食べ物も服も求めないが、彼女の脳は絶えず栄養補給を求める。

教養ある家庭、あるいはうちよりましな家庭に生まれていたら、すでに天才とうたわれていただろう。学校で一、二年飛び級し、同じような子たちのなかに居場所を見つけて、専門の教師の支援を受けていただろうが、完全に異なる環境に生まれたがゆえに、手近のもので間にあわせるしかない。

メッタも娘の才能には気づいている。どうすればいいのかわからないだけだ。自分のことだけで精いっぱいなのだから。

時間を確認する。あたりを見まわす。池のまわりを余分に一周して木の背後で足をとめ、あとをつけられていないのを確かめる。

いつも会うのは、古い鉱山の近くにある公園の同じベンチだ。

ヤナギとサンザシに囲まれ、長年のあいだにベンチは周囲から見えなくなっていた。冬でも場所を知らなければ見つけられない。メッタはそのすぐそばまで来た。歩みをゆるめて煙草に火をつける。

「こんにちは。話したいことがあるんですって？」声が言う。

メッタはまわりを見る。暗さにはメリットもデメリットもある。

「これがばれたらわたしは死ぬ」メッタは小声で言う。

「守ってあげられると言ったでしょう」

「うん、そうね」メッタは言う。「でも無理だってわかってるでしょ」

「なら」かすかに見える人影が言う。「どうしてわざわざ言うんです？」

「もう知ってるでしょ。ペーデル・サンドベリ」メッタは言う。「彼が何者か知ってるよね。わたしの元夫」

「ええ、知っています」暗闇のなかの女はメモ帳に何かを書く。「彼が何か？」

「もうけ話にありついた」メッタは言う。

「その情報はすでにつかんでいます。でもご承知のとおり、バイクに乗るのは違法ではありませんよ」

「頭、大丈夫？　オートバイクラブがまるごとノルランドに移ってきたのは新鮮な空気が吸いたかったからだなんて、本気で思ってないでしょうね？」メッタは言う。

「思っていません」相手の女が言う。「でも、もっと納得いく理由があるんですか？」

すべてを上から指示している名前のない人物について、彼女に話すこともできる。おなじみの薬物取引について話すことだってできる。片手で自分の子どもを寝かしつけ、反対の手で他人の子どもを殺している家族思いの普通の男たちが手を染めているもの。

「雪が降ってきた」メッタは煙草の箱を振ってもう一本取りだす。

「さあ、メッタ。会いたいと言ったのはあなたのほうですよ」

計画を立てる時間はたっぷりあった。それ以来、メッタは元夫の動きを追ってきた。ちょっとした手がかりから、仮説がいくつか見えてきた。まだぼんやりとした影しか話せそうにない。その影では、ペーデルが王だ。彼が逮捕されたら、みんなが助かる。

「ペーデルはスヴァーヴェルシェーと手を組んだの。あいつらはいまのところバイクを磨くほかはたいして何もしてないけど、ノルボッテン全体の薬物取引を押さえようとしている。問題はペーデルがスヴァーヴェルシェーの階層のなかで自分の場所に落ちついていられないこと。それとは別に、自分でも取り引きをしてる」

「まるで彼のことを売りたいみたいですね」

「そのとおり」メッタは答える。

「なぜ？」

「娘を守るため」

「娘さんがどうかしたんですか？」

「あなたには関係ない」

スヴァラはほかとちがう。小さいころから、ペーデルはスヴァラの頭脳を利用しようとしてきた。自分の利益のためにスヴァラを使ったが、重要な点には気づいていなかった。スヴァラは数字を憶えたりルービックキューブを揃えたりするだけの子ではない。あの子は……〝光に照らされている〟という言葉がメッタの頭に浮かんだが、しっくりくる表現ではない。

ペーデルが出ていくと、メッタはわざと借金をつくった。そして、やつらの仕事を引き受けることで借金を返していった。馬鹿げた計画かもしれないが、メッタは徐々に中枢へ近づいていった。クソ負け犬のペーデルとスヴァーヴェルシェー、その全員を束ねる者へと。

ペーデルは、取るに足らない売人から〝仕切り役〟と本人が呼ぶものへ出世した。これは、本人が当然期待しているようなトップへ向かう上昇の一歩ではない。ペーデルがドラッグを供給する雑魚《ざこ》たちと、地域全体の掌握を目指す彼らの商売は、ただの隠れみのにすぎない。その背後にまったく別の世界があることをメッタは知っている。地元の人間としてメッタはあらゆる階層の人間を知っていて、それには利点がある。

「言わせてもらえば」相手の女が言う。「かなり漠然とした話ですね」

「だからといって、本当じゃないわけじゃない。やつらには企んでることがあるの」メッタは女のコートのポケットに紙切れを押しこむ。

街灯が並びはじめる場所でふたりは別れる。相手の女は車へ向かう。メッタは急ぐ必要はない。どこかに立ち寄って一杯やってもいい。娘のためにできるかぎりのことをしてきた。たまにワインを少し飲むだけで、強い酒は飲んでいない。今夜はビール一杯分の仕事をした。少しばかり腰をおろして考える時間をとってもいい。アルコールがあると思考が広がり、頭が冴える。

計画を成功させるには徹底的にやり抜かなければならないが、そこには不確実な要素がある。いくつも。あのろくでなしペーデルのことは簡単だ。あの男は馬鹿ではないが、すぐに尻もちをつく。滑らないように砂がまかれた道でさえも。心理学者なら自尊心の低さと言うだろう。不自然なほど自分を高く評価することで、深く根をおろした自己嫌悪を埋めあわせている。うぬぼれているのだ。

ペーデルとは、少なくとも十年はいっしょにいる。基本的にはすべて借りがあるからだが。金銭面の借りではない。道徳面の借りだ。娘の父親のもとから自分を離れさせてくれたのがペーデル・サンドベリだった。ペーデルたちがいなければ、自分は死んでいただろう。

これまでずっとペーデルはしきりにその話を持ちだし、メッタに感謝を強いてきた。

メッタはたびたび両手を見つめる。一種の癖になっている。トイレで、ベッドで、シャワー中に。手はいまでも力強くてなめらかだ。未来が自分の手にかかっているのなら、先行きは明るい。これまでは他人の手に握られていた。力強い男たちのこぶしに。そのこぶしは、メッタの柔らかな部分に無頓着にあざをつくる。それだけ力が強いというだけの理由で。だが、すべては終わりを告げた。もう心を決めた。メッタ・ヒラクは、なろうと思えば頑固で厄介な女になれる。

はじめは雪の粉がぱらぱらと舞い、アスファルトに落ちては死んでいく。だが急に風が強くなって雪がどんどん降ってくる。メッタは街灯の下に立ち、光を見あげて口をひらく。一瞬の幸福感が全身を駆け抜ける。よろこびに満ちた数秒。ほかには何もいらない。

うなりをあげる風のせいで、車の音が聞こえたときにはすでに手遅れだった。メッタのすぐうしろにとまる。配達用のバンのような車で、ドアがさっとひらく。

打撃が耳に響く。唾液に血の味が混じる。混乱しているが意識はある。手首を結束バンドで締められ、口と目にテープを数周巻かれる。新車と何かのにおい。コーヒーだ。

メッタの推測では、三十分ほどの道のりだった。はじめのうちは、どの方角へ向かっているのか簡単にわかった。フェレニングス通りから大通りまで走る。そして右折し、西へ向かう。信号でとまる。〈マックス・バーガー〉の前にいるのなら直進しかできない。左折する。つまり材木伐り出し用の小道に変わる前の、大通り最後の信号だ。橋を渡り、それから右折する。川の西岸沿いに走っているけれど、ちょっと待って。左へ曲がった。そこの大通りは住宅街につながっていて、やがて行き止まりになる。しばらく進んだあとまた左折して、すぐに右折する。もうどこにいるのかわからないし、どの方角へ進んでいるのかもわからない。バンは速度をあげる。町の外に出た。スピードを出して走る。ようやく減速する。さらに速度を落として、のろのろ運転になる。バンはとまる。誰かが外に出て、また戻ってくる。五分後には到着した。それがどこかは見当もつかない。

第二十一章

車椅子用車両のサイドドアを〈狼〉があける。メッタ・ヒラクを地面に引きずりだし、引っぱりあげて立たせる。本気で傷つけたわけではない。抵抗できないようにしただけだ。

ブランコの命令は、こんなふうに遂行される。いつも同じように効率よく。命令が出るやいなや実行に移される。

サンドベリと暮らしていた女を見つけろ。瞬く間にここに連れてこられた。

〈狼〉は指紋認証リーダーに指をあてて暗証番号を入力する。数分後には到着エリアに女を押しこみ、〈大山猫〉に頼んでブランコを呼ぶ。

到着エリアは地下シェルターの会議室の隣にある。

居心地がいいとはとてもいえないが、椅子は座り心地がいい。〈狼〉はそのひとつに女を座らせ、自分も別の椅子に腰かける。

女の身体は片方に傾いている。目と口を銀色のダクトテープで隠された女は、人間ではなくただの身体だ。脈をとると心臓は動いている。指示に従った。生きたまま連れてこい。

待つ。〈狼〉は待つ。メモ帳のページを破りとって紙飛行機を折る。

はずれ。女の頭の上を飛んでいく。もうひとつ折る。鼻に命中する。〈狼〉は声をあげて笑い、またひとつ折ろうとしたところで扉が音を立て、ブランコが滑りこんできた。

〈狼〉は、自分自身と同じぐらいマルキュス・ブランコのことをよく知っている。おそらくさらによく。気分の変化、声の調子のわずかなちがい。よろこんでいるのか、苛立っているのか、不機嫌なのか、激怒しているのか、〈狼〉は声の高さを完璧に聞き分ける。

いまは苛立っている。

「で、これは？」ブランコが言う。

「ペーデル・サンドベリの女です」〈狼〉は言う。

「はやかったな」ブランコの苛立ちが二割減る。女に近づく。口からテープを剝がし、しばらくその口を見る。

「口内炎。気色悪い」数メートル後退して〈狼〉にあごをしゃくる。「この口はしゃべれるのか、尋ねろ」

〈狼〉は口がしゃべれるのか尋ねるが、その口が求めるのは傷を舐めて水を飲むことだけだ。

「おもしろくない」ブランコが言う。「もっと楽しいことを話せないのなら、いますぐ処分したっていい。おまえしだいだ」

淹れたばかりの茶のポットとビスケットの皿を持って〈大山猫〉が入ってくる。

「問題はだ」ブランコは言う。「大切なことをしている最中におまえが邪魔したってことだ。こっちはまさに……」言葉を切って茶を注ぐ。カップを顔に近づけて湯気の香りを吸いこむ。

「中国人はいろいろなことに長けている。処刑、強制不妊手術、海賊版。だが、茶にかけては見事としか言いようがない」

たっぷり口に含み、口内で転がして、〝ああ〟と声にだして飲みこむ。

「福建省南東部、安渓県《アンシー》のウーロン。わたしに言わせれば世界で最上級の茶だ。悪いな、本来ならむろんおまえにも味わってもらうところだが、なにしろおまえの口には……」ブランコは自分の口をそっとつつき、〈狼〉のほうを向く。

「こいつに一分ぴったりやる」

「おまえの愛する夫が」〈狼〉が言う。「馬鹿なまねをした」

メッタはせき払いする。唇はねばついているが、何を言わなければいけないかはわかっている。

「あの人は自分の商売をはじめた」メッタは言う。

「もう知っている」

「ええ。でも、あなたたちが思ってるようなものじゃない」

「どういうことだ?」ブランコが言う。

「オートバイクラブの連中と手を組んだけど、ほんとは東部でフリーでやってる。そう思ってるんでしょ? だからわたしを捕まえたんじゃないの?」メッタは言う。「あの人に圧力をかけるために」

〈狼〉とブランコが目と目を合わせる。期待できそうだ。

「つづけろ」

「水をもらえる？」メッタが言う。

ブランコはティーポットを手にとってメッタに近づく。そしてポットを彼女の上にかかげ、熱い液体を頭からかけた。

メッタは悲鳴をあげ、それを避けようと身体を左右にくねらせる。たしかにブランコには脚がないが、腕はなんの問題もない。

「なんと悲しいことだ」ブランコは言う。「天が茶の雨を降らせても、貧しき人間にはカップがない。どうしておまえをここへ連れてきたかわかるか？」

「ペーデル・サンドベリの情報を手に入れるため」メッタは言う。

「おもしろい女だな」ブランコは言う。「必要な情報はすでにつかんでいる。そうではなく、おまえにはもう少しうれしくないことだ。われわれがおもに考えているのはだな、愛するメッタに何かあったらやつが苦しむかだ。ふん？　どう思う？」

「もう別れたから」メッタは言う。「いまはソニーと――」

「それはいっそう都合がいい」ブランコが話を遮る。「やつも自分が誰のために働いているのか思いだす必要がある」

メッタが抱いていた計画、慎重に考えていた言葉、うまくいくはずだった企ては、すべて跡形もなく崩れ去る。

時間を稼ごうと、ラボに転用された工場のことを話す。エンドウマメのスープを大量につくる厨房のように、ペーデルの料理人たちがそこでメタンフェタミンをつくる。第一級のメタンフェタミン、ヘロイン、コカイン、その手のあらゆるものをノルランド全域に供給する計画について。

信憑性があるようにはあまり聞こえない。目のテープを剝がすことさえできたら。話し相手を見ずに暗闇に向かって話していると不安になる。それに、いつ自爆してもおかしくないちっぽけなラボのことなど、こいつらにはどうでもいいだろう。何かほかの情報を提供する必要がある。思いつくのはヘンリィ・サロのことしかない。

「そいつがどうしたってんや」〈狼〉が言う。

「田舎弁はやめろ」ブランコが言う。

「ガスカスの町長」メッタは言う。

「やつが何者かは知っている」

くそ。

「彼のことは個人的に知ってるの」メッタは言う。「風力発電所の計画について聞いた」

「すばらしい」ブランコが言う。そして両手をメッタの首にまわして締めつける。弱すぎず、強すぎず。そして咳払いして、完璧な唾の塊を吐きだす。「チャンスは一度だけだ」

「何をすればいいの？」メッタは言おうとする。〈狼〉への身振りひとつで、たちまちまた口をテープでふさがれた。

「クッションルームで寝かせておけ」

快適で心地よさそうな響きだ。クッションがいくつかあって壁に詰め物がされた部屋。たしかに心地いい。腕に抱かれる感じ、とでも言えそうなほどだ。利用価値のありそうなほかの人間たちも、ここで最後の休息をとった。メッタ・ヒラクは少なくとも数時間の命を保証されたことになる。

「隊を通じてサンドベリと連絡をとれ」クッションルームの扉に鍵をかけて会議室へ戻るとブランコは言った。「あと、娘の居場所もつきとめろ」

詰め物がされた壁とダクトテープの背後で、メッタ・ヒラクは叫びたいだけ叫べる。誰にも聞こえないし、誰も気にかけない。

やがてメッタは横になる。エネルギーを残しておくことにする。唾を吐きかけられたとき、舌を突きだせたらよかったのにと思う。天が唾の雨を降らせても、貧しい人間には舌がない。

第二十二章

十月二十七日、二十時二十五分、隊のミーティング。セキュリティー・レベル10

「よく来たな。時間を取ってもらえてありがたい。今晩は特別な客がいる」

ペーデル・サンドベリはようすを窺《うかが》っている。ブランコは思わせぶりにわざと間《ま》を置く。

「おれの知ってる人ですか？」

「ああ、とてもよくな。メッタ・ヒラク。残念ながら、この場には来られない。彼女は――率直に言って――ぶっ壊れていてね」ブランコは携帯電話を持ちあげてサンドベリに見せる。テープで巻かれた包みが椅子に座り、捕虜のように頭を垂らしている。「興味深いことを話してくれた。とくにおまえについて」

「女はみんなおれのことを話したがるんですよ」サンドベリは椅子の背にもたれる。「あいつもおれに夢中でね」

「くだらない話はやめろ。東へ行っているそうだな。東といっても、メッカのことではなかろう。つまりだ、おまえは取り決めを破っていて、しかるべき罰を与えられることになる。あるいはおまえの愛する者から最初に」

サンドベリは声をあげて笑う。「愛する者ね。あの売女《ばいた》は好きにすりゃあいい。おれもそうしますよ」

「おもしろい」ブランコは言う。「ソニーがよろこぶとは思わんがな」

「ほかの人間のものを盗ったら罰を受けなきゃならねえんだ。両手を切り落とされる」

「いっそうおもしろい。だが、おまえと水産加工場の趣味のラボの話に戻ろう。あれは何を考えていたんだ？」

「ああ、あれですか」サンドベリは安堵のため息をつく。「ずっと前に閉鎖しましたよ」

「燃えたんだろう。残念だったな。だがそれはもういい。もう一度チャンスをやろう」

「え？」

「ヘンリィ・サロ。聞いたことがあるか？」

「誰だって知ってますよ」

「けっこう。ということは、やつの母親も知っているな？」

「知ってるっていうか……存在は知ってます」

「どこに住んでいるかも？」

「まあね」

「すばらしい。期限は二日。うまくやれば元どおりで、過ぎたことは水に流す。だが最後にもうひとつ。売女とおまえが呼ぶ女は、自分のものを何か取り返したと言っていた。あいつが盗んだわくわくするようなもの、それはなんだ？」

サンドベリは躊躇する。一方でメッタが苦しんでいるのはいい気味だ。あいつと反抗的なガキにどれだけよくしてやったか、まったくわかっていない。ブランコに捕らえられているのは滑稽《こっけい》とすら言える。せいぜい苦しむがいい。

「外付けハードディスクです」サンドベリは言う。「ずっと前に貯金を少しビットコインに投資しましてね。あのクソ女《ビッチ》がハードディスクを盗んだってのが、ほんとのとこです。どれだけ値打ちがあるのかは知らんが、そこそこの額にちがいない」

ブランコはどれだけ値打ちがあるか知っていた。

「パスワードも盗まれた？」ブランコは言う。

「パスワードなんて知らねえが、いつだって新しいのに変えられますよ。それか娘に尋ねりゃいい。あいつは数字の天才ですからね。捕まえようとしたんだが。いや、ちょっくら話をしようと思いましてね。逃げ足のはやい悪ガキめ。頭がよすぎて、本人のためにならねえ」

第二十三章

最上階のスイートルームで聞こえるのは、換気装置のかすかな音だけだ。リスベットは窓際に立って町を見おろす。たいていのしけた町と同じ見た目だ。中心には三、四階建ての賃貸アパートメントが数区画ある。四角い敷地が連なるのは一戸建てが集まったエリアだ。あの水はおそらく川だろう。最も見晴らしのいい一等地には工場がある。

店が閉まる時間を過ぎ、みんな歩行者専用の通りをふらふらと家へ向かっている。眠らなければいけないのに眠れない。踵《かかと》についたガムのように失望がひっついて離れない。失望することなんてないのに。自分と寝たがらない女？　いや、セックスは関係ない。もっと近いのは……何より醜い言葉。孤独。

自分で選んだ場合、孤独はやすらぎの場所になる。一年の三百六十日はそれだ。そこから足を踏みだすのは自分で選んだときだけで、つながりを求めると孤独は色を変える。今夜のように。彼女とは気安く話せた。なんだって話せた。自分のことを延々と話すこともできたし、黙っておくこともできた。そんなことはどうだっていい……リスベットは服を脱ぎ、肘掛け椅子を脇に押しやって、腕立て伏せを五十回する。三十八回までいったところでつらくなってくる。三十九、四十、四十一。もう無理だ。腕がへばっている。つづけなければ。さらに二回、四回、八回、十二回、ばたり。鼻が床にぶつかった。

しばらく横たわったままで息を整え、乳酸レベルを落とす。

例の姪っ子。

ホテルをチェックアウトして最初のフライトで家に帰ってもいい。

子ども。

会ってコーヒーとケーキをともにして、なぜ自分が、このリスベット・サランデルがいっしょに暮らすのにふさわしくない人間なのか説明したっていい。理由はいくらでもあげられる。料理はできない、友だちもほとんどいない、絶対に変えられないルーティンがある、いつも働きどおしだ、人が嫌いだ、家事は一切しない、そのうえ、その子の父親を殺したも同然だ。

子ども。

リスベットは立ちあがり、部屋のまんなかへ行って一礼する。足をわずかにひらいて、手と手を合わせる。金曜の夜にふさわしい〝決め〟をつくり、整然とした流れで次から次へと型をくりだす。

〝平安初段〟から〝観空大《かんくうだい》〟へ。そしてベッドに戻り、子どもの問題に戻る。

あの子の人生と自分の人生は似ている。つけこまれやすい母親。ろくでなしの父親。犯罪の疑いをかけられて、その疑いを晴らされた継父。友だちの少なさ。必要とあらば戦う一匹狼。書類には同級生が鼻を骨折させられた事件が記されていた（おそらくその男子は、そんな目に遭って当然のやつだったのだろう）。いじめられているわけではないが、受け入れられているわけでもない。

だが、完全に終わっているとも思えない。欠席が多いわりに数学を除くすべての科目で成績はいい。ドラッグの問題は見られない。部屋はきれいに片づけている。〝部屋はきれいに片づけている〟。なんの意味もないクソみたいな記録。被害者がTバックを穿いていたからといって、強姦魔を無罪にするようなものだ。当局のできそこないの後見人はいつだって同じだ。

実の父とは接触がない。

〝よかったと思うべきね〟

先天性無痛覚症を抱えている。遺伝性感覚・自律神経ニューロパチー（HSAN）の五型。痛み、熱さ、冷たさを感じない先天的欠陥で、怪我をするリスクが高い。

リスベットは書類を読む目をとめる。先天性無痛覚症。痛みを感じない。ニーダーマンも同じ症状を抱えていたのにちがいない。だからあの肉の塊は、ほかの人間なら身動きが取れなくなるような暴力にもほとんど反応しなかったのだ。ナイフ、銃弾、殴打、蹴り。あの怪物にはどれも効かなかった。その一文を再読すると、自分の人生が突然目の前に浮かぶ。少なくともその一部が。

結論。少女にはきっと深刻な問題は何もない。問題があるのはリスベットのほうだ。午前五時になっても眠ることも決断を下すこともできず、ノートパソコンを取りだした。

ワスプからプレイグへ。**［ガスカスにいる人のこと、調べてくれる？　ペーデル・サンドベリ。たぶん一九八〇年代生まれ。数年前までシャーデル通りで暮らしてた。具体的に何か疑いがあるわけじ**

ゃないけど。ただ知りたくて」

プレイグからワスプへ。「ガスカスってのは場所か？　ゲロか何かみたいな名前だな。調べてみる」

ペーデル・サンドベリも、おそらくゲロみたいなものだろう。リスベットはシーツにくるまって回答を待つ。

数時間後、ドアをノックする音で目が覚めた。時間を見て、福祉局との面会の三十分前だと気づく。客室清掃係は謝って、リスベットは服を着る。手ぐしで髪を整え、腋の下のにおいを嗅ぐ。いまはディスコの乾いた汗と男性用デオドラントが混ざりあったにおいがする。デオドラントはその子のために、悪臭は福祉局のために。家に歯ブラシを忘れてきたから、リュックサックをかきまわして裸のガムを一個見つける。携帯電話をチェックする。知らない番号から二度、電話がかかってきている。あとで対応しなければ。プレイグのサーバーに再接続する。回答があった。

「サンドベリには些細な犯罪歴しかない。さらに何かわかったら連絡する。気をつけて」

タクシーのなかでリスベットは心を決めないことに決めた。その場でどう感じるかだ。

五分遅刻して、リスベットは大きく息を吸って入り口のインターフォンを鳴らした。

第二十四章

数分経ったが、リスベットはまだ福祉局の建物の外で待たされている。ずっと前にやめた煙草が吸いたくなって、何度か立ち去ろうとした。扉さえあけてもらえないのなら、待っていても仕方ない。自分に都合のいい言い訳をする。オーケー。運命に身を委ねよう。最後にもう一度だけ鳴らして、二分だけ待つことにする。

「ようこそ――待たせてごめんなさい」ほかにも丁重な言葉をかけられた。リスベットは答えなかったが、コーヒーのすすめには応じた。

「すぐにほかの人たちと合流します」エルシー・ニィベリは言う。「ただ、まずは最新の状況をいくつかお伝えしておきたくて。スヴァラはいまもあのアパートで暮らしています。緊急の受け入れ先へ移るのを拒んでいて、週末が終わるまではほかへ移す手段もないんです。というか無理強いはしたくなくて。起きたことを考えると、ひどい精神状態のはずですからね」

「そうですか」リスベットは言う。「それで？」

「長期的にどうなさるかはともかく、数日そこに泊まっていかれる気はありませんか」

リスベットは間髪をいれずに断る。物事が自分の思いどおりになっていないときにはノーと言うのがリスベットの本能で、いまはまさにその状態だ。現状のすべてが大声ではっきりこう告げている。家に帰れ！　最初に通りがかったタクシーをつかまえて、空港か駅まで、あるいははるばるストックホルムまで乗っていけ。ともかく家に帰れ！

「少し考えてみてください」福祉局の女性は言う。「親類の方が身近にいると、スヴァラにはいいでしょうから」

「会ったことはないんですけど」リスベットは言う。〝それに、その子の父親を殺したのはわたしなんです〟とは言わない。

「お互いに知らないのはわかっていますけど、家族ってだけで意味があることもあるものですよ」そう言ってエルシーは、三十年も会っていなかったにもかかわらず互いのことをほとんどすべてわかっていた従兄弟たちの再会について語った。

「わたしにいとこはいないし、その子のことは何も知りません」リスベットは言う。「向こうだって、わたしのことなんてほとんど知らないはずです」

「少なくともDNAは分かちあってるでしょ」エルシーのその主張を最後に、廊下を歩いていたふたりは来賓室についた。

かならずしもそうとはかぎらない。リスベットは口に出さずに思う。この人に理解する力があるのなら、デオキシリボ核酸についてひとコマ分まるまる講義してもいい。

とはいえ、たしかに似ている。初めて少女を見てリスベットは身震いした。同じブロンドの髪に、目をみはるほどかわいい顔。生まれて、死んで、埋められた。あの世から生き返り、父の右腕として世界に審判を下す。カミラ。ザラチェンコお気に入りの娘で、リスベットの双子の妹。口をひらいてハスキーな声であいさつする。声まで同じだ。

〝いったいどうなるんだろう〟

挨拶のほかは何も口にせず、福祉局の職員たちが現状をおさらいして、今後の計画を説明する。その子が持っているキーホルダーには、ミニチュアのルービックキューブがついている。目で見る必要すらない。慣れた指が色のついた正方形の上を動く。一分ほどで色が揃い、また最初からはじめる。

この計画をどう思うかとエルシー・ニィベリがようやく尋ねると、少女は顔をあげて、もう一度言ってほしいと頼む。ほかのティーンエイジャーのように「は？」とは言わず、すみません、質問が聞こえなくて、と。

「この計画をどう思う？」エルシーがもう一度尋ねる。

「どう思ってるか、もう知ってますよね」スヴァラは言う。

「わたしは知らないな」エリック・ニスカラが巨体を動かし、快適な体勢に座りなおす。

「同僚の人に聞いてください」スヴァラは言う。「よく予習してきたみたいだから」

「コーヒーのおかわりを持ってくる」その同僚は言う。「お互いのこと、少し知ろうとしてみて。リスベット、スヴァラに自分のことを話したらどう？」

「武道をしてて、セキュリティー企業で働いてて、ホンダ350に乗ってて、ストックホルムで暮らしてる」スヴァラが言う。「フィスカル通り。セーデルマルムの」

テーブルを挟んで目と目が合う。瞳の色まで同じだ。

「どうして知ってるの？」リスベットは尋ねる。

「よく予習してきたから」

「そう」リスベットは言う。「それだけ知ってれば充分ね」

「そんなことないよ」スヴァラが言う。「うちのアパートに来てふた晩泊まれるかは知りたい。ベビーシッターをあてがわれたくないから」

第二十五章

シャーデル通りまでタクシーに乗る。数ブロック手前で、スヴァラはもう例の車の姿を探しはじめる。こっそりと、おばに気づかれないように。ほかの人は誰も巻きこみたくない。これは自分の問題で、ほかの誰の問題でもない。さらに言うなら、これはママ・メッタのただひとつの遺産だ。スヴァラが知るかぎりは。祖母によると書類があるという。〈ボンジョルノ〉のメニューの裏に書かれた遺言書だが、まだ見つかっていない。いずれにせよ、聞いたことのない財産や金銭的価値のあるものは含まれていないはずだ。ママ・メッタは慢性的に金欠だった。そもそもママ・メッタは死んでいない。生きているのを感じる。

家賃は十月末まで支払われている。そのあとは退去して、どこかの見知らぬ家族のもとへ行かなければならない。社会局の研修を受け、金のために他人の子どもの面倒を見る権利を手にした家族のもとへ。子どもオークションで売られるようなものだ。残念ながら、ニィグレン家には断られた。もっと小さい子がいいからって。ニルソン家も検討中だったが、いまはティーンエイジャーを受け入れる余裕はないって。そんな具合に。

まだ具体的な計画はないが、どこかの家族のもとへ行く気はない。いまはリスベット・サランデルが社会に対する盾《たて》になっている。予定が立つまで、その役割を果たしてもらわなければならない。自分でやっていける。いつもそうしてきた。

車はペーデルの昔の駐車場所にとまっている。着色ガラスの窓。その背後には、遺伝によってこれまでにつくられた最も醜いチンピラがふたりいる。

問題は、おばがいっしょにいるのに姿を見せる勇気があいつらにあるかどうかだ。おばと呼んでいいのだろうか？　ひそかにリスベットを見る。斜めに流した前髪が顔の半分にかかっている。目をいっそう黒く見せるアイライナーのほかはノーメイクで、肌はほぼまっ白。

不思議な見た目だ。大人の顔をした子どもみたいだとスヴァラは思う。グレーのフーディーの上に黒のレザージャケットを着ている。黒のジーンズに白のスニーカー。うしろから見たら、そこらへんの十五歳と変わらない。

スヴァラは革の肘当てがついたセーターを引っぱって、シートに深く身体を沈める。建物の入り口のすぐ前へ車をつけるよう運転手に告げる。バイク置き場の陰になって見えないことを願って。タクシーを降りるときには、駐車場のほうを見ないようにした。

しまった。祖母の遺体が横たわっていたラグのことを忘れていた。膀胱の中身と、おそらくさらにひどいものがぶちまけられている。スヴァラはそれを丸めて謝る。息を止めてリビングを抜け、数秒立ち止まってからバルコニーのドアをあけてラグを外に放りだした。中庭はしんと静まりかえっている。子どもも悪党もいない。

「謝らなくていいから」リスベットが言う。福祉局の建物を出てから最初に口にした言葉だ。「いっしょに掃除しましょ。わたしが床をきれいにする」

床をきれいにする。これまでの人生で床掃除なんてしたことあった？　スヴァラが物入れから出してきて水と洗剤を入れたモップ用のバケツすら、自分の家にはない。自宅ではせいぜい掃除機をかけるぐらいだ。人はときどきそういうことをするものだと思いだしたときだけ。

「これってどうするの？」リスベットが尋ねると、険しいまなざしが返ってくる。

「水につけて、絞って、それからモップがけするの」スヴァラが言う。「むずかしいことじゃないでしょ」

水につけて、絞って、モップがけするのは、ずっとスヴァラの仕事だった。掃除機がけ、皿洗い、洗濯、ごみ捨て、冷蔵庫とこんろの掃除、ママ・メッタと豚野郎ペーデルが散らかしたあとの片づけも。仕事をすればちょっとした小遣いをもらえたが、もらえなくてもやっただろう。あのふたりが散らかしたものを見るのが大嫌いだった。あのふたりがいっしょにいるのも。いっしょにいるあのふたりは、ボッティチェッリが描くダンテの地獄にいる人間だ。スヴァラはひそかにそれを描く。裸で、不気味で、酔っ払った豚のピンクの身体の周囲となかには蛇が絡みついている。描き終えるたびに罪悪感を覚えて紙をくしゃくしゃに丸める。ママ・メッタが悪いんじゃない。ママは娘を愛してる、そうでしょ？

リスベットがモップをかけ、スヴァラが掃除機をかける。アパートが埃《ほこり》っぽいからではなく、音に埋もれるために。

祖母が死んだからといって、泣くつもりはなかった。とくに人の前では。誰だっていつかは死ぬのだし、もう歳だった。少なくとも六十にはなっていた。

掃除機を自分の部屋へ引っぱり入れて目を閉じ、流れるままに涙を流す。これがスヴァラの泣き方だ。音を立てず、誰にも聞こえないように。バルブをひらいて余分な圧力を外へ出し、またバルブを閉める。

目をひらくと、ママ・メッタが机の前に座っている。

なに泣きべそかいてんの。

これを切り抜けられるとは思えないから。やつらに追われてる。

鍵を持ってるでしょ、忘れないで。

この鍵はなんの鍵？

すべてをひらく鍵。

第二十六章

掃除のあとは空が晴れた。リスベットは汚れた水をトイレに流す。緑の洗剤のおかげで尿の悪臭は消えた。腹が鳴って食べ物を求めている。口のなかをやけどするほど熱くとろけたチーズ。こんがり焼かれて縁が茶色のカリカリになった生地。氷のように冷たいコーラといっしょに。

少女も空腹のようだ。冷蔵庫をのぞいて食料貯蔵室へ足を運び、冷蔵庫に戻る。

「マカロニにケチャップをかけたのでいい？」

「ピザがいい」リスベットは言う。

「このへんはピザ屋ないから」スヴァラは水を入れた鍋を火にかける。アパートにいるかぎり、誰かが来てもドアをあけなければいいし、いざというときには警察に通報もできる。外に出たら逃れるチャンスはない。

計画はこうだ。リスベット・サランデルが眠ったら、バルコニーから地上へおりる。下の階は空室なので、人に見られる心配はない。アパートの裏から地下を通って第五棟へ行く。そこからは駐車場が見える。うまくいけば、やつらは待ちくたびれて去っているだろう。欠陥人間だって、ときには眠らなければならない。それから公園の向こうのバス停まで自転車を走らせる。ボーデン行きの最終バスは、深夜零時の直前に出る。それからあとのことは、その場で考えなければならない。

「デリバリーくらいあるでしょ」リスベットはノートパソコンを取りだす。

ピッツェリア〈ボンジョルノ〉がわずか一ブロック先にある。この子は嘘をついている。あの車と関係があるにちがいない。スヴァラがタクシーを降りたときにひらいたドア。スヴァラに連れがいるのを見て引き返した男。

リスベットにとって警戒するのは、食べ、排泄し、眠るのと同じくらい自然なことだ。振り向くことすらなく周囲をスキャンし、そのイメージに「サバイバル情報」というラベルをつけて頭にしまっておく。人も同じようにスキャンする。性格の特徴、風変わりな点、見た目、声、振る舞いを記憶にとどめる。

リスベットの目を逃れられる者はいない。スヴァラも例外ではない。この子は怯えている。おそらく怯えていると同時に悲しんでもいる。おそらく祖母と母のことを悲しんでいて、誰にも気づかれたくないと思っている。人生で出会った愚か者たちから、スヴァラは強さと弱さの定義をずっと学んできた。強いのは感情を見せない人間だ。自分みたいに、とリスベットは認める。弱いのは脆《もろ》さを見せる人間。だが、自分の弱点を意識するのと、十三歳で遺伝に身を委ねるのとは別の話だ。

ソファに腰かけて膝にパソコンを置き、デリバリーの店を調べるふりをする。心を落ちつかせて計画を考え、この状況を切り抜けなければならない。

第一段階は、この子に心をひらかせることだ。トラブルに巻きこまれているのなら、その理由を知る必要がある。金で解決できる些細なことかもしれない。だが何か別のことで、単純な解決策では対処できない可能性もある。

リスベットは心のなかで自分に悪態をつく。母親のこともプレイグに調べてもらうべきだった。

「どんなピザがいい？」自分の部屋に姿を消したスヴァラに声をかける。

「ヴェジタリアーナをお願い」声が返ってくる。「あとピザ・サラダ、もしよければ」

〝もしよければ〟。礼儀正しい子だ。まるで都会の高級住宅街のガキ。リスベットはカプリチョーザを頼んでトッピングをすべて増量し、スヴァラの注文もトッピングをすべて増量する。スヴァラはちゃんと食事をする必要がありそうだ。カルボナーラ二人前と緊急用にピザをさらに二枚追加し、コーラの大きなマルチパックも加えて注文を確定する。ここに数日閉じこめられる可能性もある。住所。シャーデル通り七番地。注意！　裏口を使ってください。

ワスプからプレイグへ。**［メッタ・ヒラク。同じ住所］**

自分で調べることもできる。警察のDUR‐2システムに侵入するのは簡単だが、ばれないようにそこから出るにはクラッシュを発生させなければならない。今日はこのあとどうなるかわからないから、時間が足りなくなるおそれがある。プレイグに頼むのが無難だ。

［行方不明の届け出あり。失踪歴があって、犯罪に巻きこまれたとは考えられていない。さらなる捜査の予定はなし］

［前科は？］

［ある。アルコール・麻薬乱用者強制保護法第四条。でもずっと昔の話だ。ほかにもちょこちょこ。火器の所持。犯人の蔵匿。薬物の所持。脅迫と暴行。以上］

ドアベルが鳴る。ピザの宅配でありますように。

第二十七章

ティーンエイジャーとはどう話せばいいのか。そう思いながら、リスベットはピザをまたひと切れ取る。参考にできるティーンエイジャーといえば昔の自分しかいないし、それもあまり役に立たない。十三歳のリスベット・サランデル。いったい誰？

おもに福祉局の報告書、本人の数少ない発言、そしてバックグラウンドから得たわずかな知識によると、スヴァラと自分は多くの点で異なるが、ほかの点では似ている。似ているのは見た目や声といった外面ではない。もっと深い次元の話だ。地理的な条件によってまったく同じようにすり減った石のように。

この子の心に入りこむ方法を見つけなければならない。信頼してもらう必要がある。そうしなければ何も明かしてもらえないだろう。母親のことも、外の車の男たちのことも。選択肢はふたつしかない。ふたつ目は脅すこと。

「好きなことはある？」リスベットは尋ねる。

「わかんない」スヴァラは言う。「読書。たぶん絵を描くこと」

「描いた絵を見せてくれる?」学童の指導員と化したリスベットが尋ねる。

「無理」スヴァラは言う。「残してないから」

「ほかに興味あることは? ルービックキューブをすごくはやく揃えてたね」

「あんなの趣味とは言えない」スヴァラは言う。「ただやってるだけ」

「ルービックキューブ世界選手権のドキュメンタリーを見たことがあるよ」リスベットは言う。「見た?」

「ううん。うち、テレビないから」リスベットもすでに気づいていた。パソコンも新しい携帯電話もない。クローゼットには服がほとんどなく、持ち物もごくわずかだ。メッタ・ヒラクが薬物取引と介護の仕事で稼いでいたとしても、娘に好きなものを買い与えるためでなかったのはたしかだ。アパートは隅々まで貧困のにおいがする。

食事を終えかけたときに、また呼び鈴が鳴る。スヴァラはピザを皿に置く。あまりにもすばやく立ちあがったから、コーラの缶に肘をぶつけて倒した。

「待って」リスベットはスヴァラの腕をつかむ。「駐車場の男たち?」

わずかのあいだ互いの目を見る。スヴァラは選択しなければならない。

「どうしてそう思うの?」時間を稼ぐためにスヴァラは言う。

「そんなのどうでもいい」リスベットは言う。「誰なの、あいつら?」

「知らない」スヴァラは言う。ありのままを話すと決めたのかもしれない。そんな声の調子だ。「ママ・メッタがあいつらからお金を借りてて。あたしが――」

「わかった」リスベットは言葉を遮ってスヴァラを彼女の部屋のほうへ押す。聞かれるおそれなく話せるように。「聞いて。ドアはあけない。ドアには近づかない、わかった?」スヴァラはうなずく。

「このアパートに知り合いはいる?」

「イングヴァルだけ」スヴァラは言う。「おじいちゃんだけど」

「よかった」リスベットは言う。「その人の電話番号はわかる?」

「わかんない。いつも中庭で会うだけだから」

ママがいなくなったんだって。つらいね。首を振りながら彼は言う。

ママは戻ってくるとスヴァラは言う。マーリンは? 帰ってきた? 彼は首を横に振る。ふたりは無言で腰をおろし、まだらのヒタキがシラカバの巣箱に出入りするのを見る。彼は無言でいるのが上手だ。それがいちばんいいところ。

「名字は?」リスベットが言う。

「ベングトソン。五階に住んでる」

「じゃあこうしよう」リスベットは携帯電話を取りだす。「彼に電話して三階におりてきてもらう。そしてドアの外の男たちに、ここにはもう誰も住んでないって伝えてもらうの。福祉局があんたを連れていったし、おばあちゃんは亡くなったって」

「うまくいかないよ」スヴァラは言う。「あたしたちが帰ってくるの、見てたんだから」

「それでもいいの」リスベットは言う。「もちろんまた戻ってくるだろうけど、やつらは人目をいやがるから」

「でもイングヴァルのことを傷つけたら？」スヴァラは言う。いろいろな経験をしてきた口調だ。

「あたしがやつらといっしょに行ったほうがよくない？」

「絶対にだめ。これからの二日間は、わたしがあんたの保護者なんだからね」

「イングヴァルが警察に通報したら？」

なんて実際的な子だ。「すぐには来ないでしょ」リスベットは言う。

「イングヴァルにいろいろ訊かれる」

「あとで説明するって言えばいい」

スヴァラは電話をかける。ふたりは待つ。

「ここで待ってて」リスベットは忍び足で玄関ドアへ向かう。声が聞こえる。何を言っているかはよくわからないが、複数の声がする。ドアに近づく。のぞき穴に目を当てる。嘘だ。ありえない。のぞき穴ごしだと顔が歪んで見えることがあるが、このクズどもなら顔にビニール袋をかぶっていてもわかる。ひとりがイングヴァルからドアのほうへ視線を移すと、まっすぐ見すえられているかのように感じる。リスベットの鼓動がはやまる。ほとんど息ができない。スヴァーヴェルシェー・オートバイクラブ。煉獄の泡立つ沼から、いったいどうやって舞い戻ってきたのか。

スヴァラを追っているのがスヴァーヴェルシェーのバイク乗りだとしたら、本当に厄介な状況だ。やつらは特別頭が切れるわけではないが、良心がまったくない。それに、子どもだからといって特別扱いしないのもはっきりしている。

もう一度ドアに身体を寄せて身震いする。悪魔の遺伝子バンク直系のクローン。新しい顔だが、同じひょろ長いポニーテールに脂ぎった口ひげ。同じレザージーンズに同じベストだ。

カウボーイブーツの音が遠ざかる。また息ができるようになった。階段には人がいない。つかの間の休息を勝ちとった。

リスベットはグーグルでレンタカー会社を探す。大手は無視して〈レント・ア・レック〉に電話する。

「ここまで車を届けてくれたら、追加で三千払います。建物のうしろの障害者用駐車スペースにとめて、鍵は前輪のなかに入れておいてください」

「五千で。あと車が盗まれたら、代わりを買ってもらいます」

「到着したらテキストメッセージを送ってください」リスベットは言う。そしてスヴァラのほうを向く。「行き先は決めていいよ」

「ロヴァニエミ」スヴァラが言う。「フィンランドの」

「知り合いがいるの?」

「そういうわけじゃないけど」

「わかった」リスベットは言う。「悪魔《ペルケレ》のローヴァニエミへ出発」

「ロヴァニエミね」スヴァラが訂正する。

第二十八章

一日でこれだけひどいことがあっても足りないとでもいうかのように、雪が降りはじめた。軽く降りだしたものが激しくなり、やがて大雪になって、最後の二十キロほどは這うようにしか車を走らせられない。

少女は眠りに落ちまいと闘っていて、うとうとしては窓に頭をぶつけて目を覚ます。

リスベットは母親のことを聞きだそうとしていた。スヴァラは明らかに守りを固め慣れている。リスベットがすでに知っていることのほかは、たいしたことを話さない。

「なんならあたしが運転するけど」スヴァラが言う。

「ああそう」

「マジで。運転は慣れてるから」なんと答えればいいのだろう？

リスベットは待避所に車をとめてスヴァラのほうを向く。「スヴァーヴェルシェーのやつらが何者か、わかってるの？」

「何人かは。ペーデルの仲間たちと一年ぐらい前に手を組んだんだ」

「名前は知ってる?」しかし少女は答えない。

〝何があっても、誰に尋ねられても、何も言うな〟

「あんた、わかってないでしょ」リスベットは言う。「スヴァーヴェルシェーはただのバイク乗りの集まりじゃない。いつヘルズ・エンジェルスを倒してもおかしくないのよ。人の不幸を糧に生きてるやつらなの。暴力や金のにおいを嗅ぎつけたら、たちまち醜い顔を突っこんでくるんだから。暴力と金の両方だともっといい」

状況をはっきり伝えて、この子に話させなければ。

「たった百クローナのためにホームレスを殺すようなやつらなんだからね。だから教えて。どうして追われてるの?」

「話したらどうするつもり?」スヴァラは言って、かろうじてハンドルの上に届いているリスベットの小柄な身体を意味ありげに見る。

「まだわからない。でも手助けなしでやつらから逃れるのは無理でしょ。わかるよね? 何かあるのなら、やつらは捜してるものを見つけるまで離れない。それで、やつらは何を捜してるの?」

〝何があっても、誰に尋ねられても、何も言うな〟

リスベットはため息をついて車を発進させる。気持ちはわかる。自分もたぶん同じように振る舞うだろう。でもスヴァーヴェルシェー……何がしたいのだろう? ストックホルムから九百キロメートル。何か大きなことを企んでいるにちがいない。

「手伝う気があるんなら、ホテルを探してくれる?」リスベットは言う。「最低でも四つ星で、フロントが二十四時間あいてるところ」

スヴァラは予約サイトをひらく。だが、しばらくすると携帯電話を膝におろして窓にもたれかかる。

「どう?」リスベットは言う。

「無理。高すぎて泊まれない」

「お金のことは心配しないで。福祉局から、お楽しみ用のお金をたっぷりもらったから」

「あっそ」スヴァラは言う。「ガスカスの福祉局からお金もらう人はみんな年に一度、ロヴァニエミに行けるんだってね。あと、夏にはマリョルカ島。絵はがきさえ送れば」

「気前がいいよね」リスベットは言う。「ホテルは見つけた?」

「うん。一泊五千」

「電話して」リスベットは言う。

「マジで?」

「マジで」

「スヴァラ・ヒラクっていいます。部屋を予約したいんですが……」リスベットのほうを向く。「二泊お願いします。できればキャビンをお願いします。サウナつきをお願いします」

「それとミニバー」リスベットは言う。

「ミニバーも、ええ、お願いします。カード払い?」

「現金」

「現金でお願いします」

スヴァラは横目でリスベットを見る。その顔には感謝の色が浮かんでいる。

リスベットはラジオのボリュームをあげる。聞いたことのある音楽だが曲名はわからない。リスベットの人生は音楽とあまり縁がなかった。たいてい静寂のほうが好きだ。

「ボリュームあげていい？」スヴァラが言う。

「音楽好きなの？」リスベットが尋ねると、スヴァラはラジオを切る。

ワイパーがフロントガラスをこすってエアコンが低い音を立てる。

「無理すんのやめて」スヴァラは言う。「好きな食べ物はパルト（じゃがいもと豚肉のダンプリング）。図書館のいちばんの常連。ガスカスのジュニア女子チームでホッケーをしてる。ていうか、してた。スケートを買ってくれる人がいなくなるまで。ボリュームをあげたがったからって、音楽が好きかとか訊かなくていいから」

「ごめん」リスベットは自分のほうが不利な立場にいることに気づく。この子はただの子どもじゃない。睡魔と闘う十三歳にリスベットが見た子とはちがう。自分と同じで、環境によってつくられた子。あまりにもはやく大人になって、生存戦略を発達させた人間。必要でないかぎり相手に甘く接しないのもその一部だ。むしろつらく当たる。リスベットはまたラジオをつけた。

「音楽が嫌いでも我慢してもらうからね」そう言って曲に合わせて歌いはじめる。

スヴァラはボリュームをさらにあげる、

「この男の人の声好き」スヴァラはところどころいっしょに歌う。

「デンマーク人だよ」リスベットは言う。「残念ながら死んじゃったけど」

「ママも死んだかも」スヴァラは言う。「でも死んでないと思う」

「じゃあそうなんじゃない」リスベットは速度を落としてカーナビをもう一度確認し、駐車場へ入ってあたりを見まわす。

「なにこの場所？　サンタ地獄？」

色とりどりの電飾が木と木のあいだにぶら下がっていて、どこを見てもサンタ、サンタ、サンタだ。サンタがいないところにはトナカイ、プレゼント、クリスマスツリーなど悪夢のようなクリスマスの装飾品がある。

「サンタはここで暮らしてるんだよ」スヴァラが言う。

「そうだとしたら完全に頭おかしいでしょ」

「口悪いね」スヴァラは小声で言う。「サンタさんはいい人なんだよ」

「サンタは人じゃなくて架空の存在だから」

「ちがう。いるもん」

ホテルのロビーはさらにひどい。ニスを塗られたログハウス風の壁にはトナカイの枝角、そりに荷物をいっぱい積んだトナカイの剝製、さらにまたいまいましいサンタが飾られている。それに加えてクリスマス音楽がかびくさいカーペットのように酸素を吸いとっていく。

〝ひとりはクリスマスが大嫌いで、もうひとりはサンタが大好き。どうしろっていうの、これ？〟

黒と白の正装をしたフロント係ではなくエルフに迎えられ、リスベットは我慢の限界に達した。財布をスヴァラに渡して、自分は赤と緑のストライプのソファに身を沈める。きらきら輝くクッションがいくつか置かれ、チクチクするトナカイの毛皮がかかっている。

「せめて冷たいビールぐらいあるでしょうね」リスベットは言う。「それかもっと強いやつ。強い酒」

「お酒飲まなきゃいけないの？」スヴァラは財布を返す。数分前までスヴァラは大人だった。いまは子どもだ。落ちつかない目をした子ども。警戒している十三歳。酔っぱらいのうごめく手から逃れてバスルームに閉じこもる八歳。クリスマスツリーとプレゼントを楽しみにしていたのに、食事もなしで眠りにつく五歳。町で〝用事〟のある両親が出ていき、ひとり家に残された三歳。

しまった。ことの深刻さに気づいていなかった、無神経なくそリスベット。

「ごめん」リスベットは言う。「コーラがほしいけど、部屋に着いてからにする」

ふたりとも荷物は少ない。スヴァラのリュックサックは、例の猿だけでほとんどいっぱいだ。せいぜいユースホステルぐらいしか泊まったことのなかった子には、宿泊先のシャレー風コテージはとんでもなく贅沢だ。この冷静でませた少女、というか実際老けて見えるスヴァラは自分を抑えられない。夏の牧草地に初めて放たれた若い雌牛のようにはしゃいで、ふたつの部屋、バスルーム、サウナを見てまわり、クローゼットも含めて隅から隅まで確認する。

リスベットはただただ眠りたい。服を脱ぐのも面倒で、ジーンズだけ脱いでダウンの羽根布団に身を沈める。

「こっちにおいでよ」スヴァラに声をかける。「見た？　屋根はぜんぶガラスだよ」

リスベットとはちがって、スヴァラは寝間着に着替えて歯を磨き、猿といっしょにキルトに潜りこんで電気を消す。

「あっちにもベッドルームあるから。ひとりで静かに寝たかったらね」リスベットは言う。

「ありがと。そっちも」スヴァラが言う。

屋根の向こうの広大な空は灰色がかった黒で、流れ星や輝く星は見あたらない。

「ブラックホールのこと、知ってる？」リスベットは尋ねる。

「ちょっとだけ」スヴァラは言う。「重力が光を閉じこめて逃げないようにする」

「そう。自分が宇宙飛行士で、宇宙に投げだされてブラックホールに近づいたって想像してみて」

「事象の地平線のこと？」

なんて恐ろしい子だろう、ちゃんと宿題をしている。「そう」

「特異点のことを言ってるんじゃないって確かめたかっただけ」スヴァラは言う。「だとしたら、とっくに死んでるはずだから」

「ガラス屋根にぶつかる雪みたいに」リスベットは言う。

「それとこれとはちがうよね」スヴァラはあくびをして横を向く。「ていうかさ、どんな馬鹿でもブラックホールのことぐらいググれるでしょ。最初に出てくるのが重力と特異点だし。あたしには、どっちも響きがすごくきれいな言葉にすぎない。もう寝ていい？　つかれた。猿も」

寝る前のお話はここまで。

第二十九章

ホテルの朝食。それよりひどいものなんてある？　リスベットはコーヒーマシンの列に並ぶ。やっと順番がきたと思ったら、コーヒーが切れている。

「おはようございます」と言わずにいられない大勢の赤の他人が、ハムやチーズのまわりにものぐさなヤマカガシのようにくねくねと列をつくる。さらにげんなりすることに、ここもサンタだらけだ。生きているのも、剝製も。まだ十月なのに。

やけにフレンドリーなエルフがいて、大皿に料理を補充しながら複数の言語で宿泊客とおしゃべりしている。彼女はスヴァラに腕をまわしてワッフルメーカーを指さす。一方、リスベットはエルフや子ども連れの家族からできるだけ離れたテーブルを探すが、そんなものは見あたらない。耳あか軟剤のようにスピーカーからだらだら流れ出るビング・クロスビーから逃げる術もない。

みんな同じ時間に起きたかのようだ。テーブルはひとつもあいていない。いちばんましなのは、大声の中国語で電話している客のところだろう。娘といっしょに座っている。

「どうぞ」男は英語で言って、席はあいていると仕草で示す。

社交辞令のやりとりを避けようと、リスベットは『ヘルシンギン・サノマット』紙を手にとる。

「フィンランド語、読めるの？」スヴァラは言って、ソーセージ、スクランブルエッグ、ワッフル、生クリーム、数種類のパン、ペストリー、デザートチーズ、ドーナッツを勢いよく食べはじめる。

「読めないけど写真がきれいだから」リスベットの視線はスウェーデンの家族大臣のところでとまる。〝クソ〟と口を動かすときかもしれない。片づける皿を探して通りかかったエルフに、見出しを訳してほしいと頼む。

「データ流出の記事ですね」彼女は言って、リスベットのコーヒーカップを奪おうとする。

「家族大臣の家で？」

「あと、その奥さんもです」

「クソ」リスベットは悪態をついて携帯電話を確認する。充電切れ。いったいどうして？　いつもオンラインで、電源なしでは生きられないリスベットともあろう者が。「電話しないと」と言って席を立つ。

「見た？」電話に出たドラガン・アルマンスキーに尋ねる。

「金曜に知らされたよ」アルマンスキーは言う。「きみは手いっぱいだと思ってね。事態には対処できている。いつ戻ってくるんだ？」

リスベットはサンタ・ランドを見わたす。屋根にホイップクリームを絞ったばかりのように見える。

サンタだけはずっと起きている。

「わかりません。途中でちょっと問題が発生して」

「そんなこともあるだろう。例の女の子はどうだ？」

「ええと、まあ」

「というのは？」アルマンスキーに尋ねられて、リスベットはため息をつく。

「いま、ロヴァニエミにいるんです」

「フィンランドの？」アルマンスキーは声をあげて笑う。「もうサンタクロースには会ったかい？」

「いろんなバージョンのやつに。それに、安っぽいエルフと不潔なトナカイにも」リスベットは言ってから、本題に入るようにうながす。

ミルトン・セキュリティー社の過半数株所有者で創業者、ドラガン・アルマンスキーは朝のコーヒーを口にして街を見わたした。リスベット・サランデルが同社の共同所有者になって一年少し経ち、アルマンスキーほどそれに満足している人間はほかにいない。当然、リスベットは本人が望むとおりの条件で働いている。オフィスへの出勤は週に一度、できればそれ未満。個室。全同僚のプロジェクトの日報と全情報の閲覧。

同僚たちから見るとリスベットは変人だ。アルマンスキーに言わせれば貴重でユニークな人間。

その秋、ミルトン社は政府のＩＴ部門の要請を受けて、社会省のセキュリティーを強化した。プロジェクトは数週間前に終わり、首尾よく完了したと思われていた。

「じゃあ何が起こったんですか？」リスベットは言う。「ディックとピックがしくじった？　それとも、何かほかのことが起こってる？」

ピックの本名はパトリシアだが、ディックとペアで仕事をしているからピックでなければならない。少なくともリスベットのアドレス帳では。

「見当がつかない」アルマンスキーは言う。「スウェーデンの全国民がすでに知っていることのほかは、こちらも何もわからない。つまり大臣の妻は上も下も赤毛だということと、愛人は殺人で有罪判決を受けたトルコ人で、ずっと前に強制送還されているべきだということ。デ・デウス大臣が犯罪に強硬路線をとっていることと、有罪判決を受けた移民を即座に強制送還することでとくに知られていることを考えると、かなり滑稽な話だ。新聞は読んでいないのか？　きみはいつも最新情報を把握しているじゃないか。その女の子がかなり足手まといになっているんだろう」アルマンスキーの口調に嫌味なところはない。むしろ期待がこもっている。リスベットは彼が心配しているのを知っている。

アルマンスキーはナッカにあるすてきな家にいつも招いてくれて、感じのいい妻のナディアが栄養豊富でおいしい食事をつくってくれる。リスベットは、たいてい丁重に辞退する。

「独り身でいるのはよくない。家族は何より人を守ってくれるからね」

「本当に？」リスベットは言う。

「親じゃなくて、自分でつくった家族のことだ。いい夫、かすがいになる子どもふたり、住まい」

アルマンスキーが家族のワルツを奏ではじめると、リスベットはたいてい黙っていてほしいと言う。七十八回転レコードのエヴァート・タウベより耳障りだ。リスベットはすでに選択し、それを貫くつもりでいる。人間関係は面倒くさい。性的興奮以上のあたたかい気持ちを自分が感じられるのかわからない。そもそも試してみる気すらない。人生には人間以外にもいいものがある。たとえば素数。

「把握してる情報を送ってください。あとで返信します」リスベットは言う。「待って、あとひとつ。福祉局にわたしの電話番号を教えました？」

「そんなこと、するわけがないだろう」

「本当に？」

「もちろんだ」わずかに間《ま》があいたあと、アルマンスキーは答えた。

リスベットはコテージの鍵を閉める。百棟はあるまったく同じコテージのひとつで、まわりには木の建物、ホテル棟、レストラン、ブティックがある――たぶん売店も？　記憶にないほど大昔に喫煙はやめたが、いまでもときどき煙草は買う。数日のあいだ持っていて、それから捨てる。

「この店はエレノア・ローズヴェルトが来たときに建てられたって、知っていました？」

朝食の席にいた中国人が同じ用で店にいる。明らかに話したがっている。

「いいえ、知らなかった」リスベットは言う。「彼女はサンタクロースを見にきたの？」

「ハハ、そうじゃない」男は言う。「サンタが引っ越してきたのは、もっとあとのことだよ。戦後まだ数年のころの話で、一九四四年にドイツが町全体を焼き払った。無傷の建物はごくわずかだったらしい」リスベットが興味あるふりをしたことで、男は勢いを得たようだ。「ロシアはマーシャル・プランの援助を受けるなとフィンランドに命じたんだが、それでもアメリカは援助をしたかった。そこでマダム・ローズヴェルトが来ることになったときにフィンランドはコテージをつくって、話題づくりのためにそれを北極線上に置いたわけですよ。もっとも北極線はもう少し南だけどね。そして彼女

はここに腰かけて、トルーマンにはがきを書いた
「親愛なるハリーへ」リスベットは言う。「サンタクロースは実在します」

「娘さんの話だと、スウェーデンから来たそうですね」男は言う。

母と娘という勘ちがいについては何も言わないことにする。この男には関係ない。

「すばらしい環境じゃありませんか？」男は腕で弧を描いて敷地全体を指し示す。「失礼、自己紹介がまだでした。コスタス・ロン。ここへはずっと昔に息子と来たことがあってね。たまたまこの地域に投資する機会があって、今度は娘をできるだけ頻繁に連れてくるようにしています。子どもっぽいと思われるかもしれないが、わたしはクリスマスが大好きでね。あなたも？」

「いえ」リスベットは言う。

「それにフィンランド」男は言う。「なんてすばらしい国、なんてすばらしい人びと！　おふたりは何か楽しいことはしましたか？」

「いえ」リスベットはまた言う。

「じゃあ、このあたりをご案内しましょうか？」

「どうかな」リスベットは言う。

「勝手ながら、おふたりのためにいくつかアクティビティを予約しましてね」男は言い、せっかくの親切に不機嫌顔で応じられる。

「コスタス」リスベットは言う。「ギリシャ人？」

今度は男のほうが答えない。

「娘さんとメイが、トナカイのそりにとても乗りたがっていてね」男は言う。「もちろん、あなたも大歓迎ですよ。スキースーツはフロントで借りられる。ここはもう冬だなんて、おそらく思ってもみなかったでしょう」

「どうも」リスベットは言う。「ちょっと考えてみます」


にもかかわらずおよそ一時間後には、リスベットはスヴァラとフロントに立っていた。そばには日本人女性のグループがいて、レンタルしたパステルカラーのスキースーツで自撮りしている。

「ありえない」リスベットは言う。「凍え死んだほうがまし。代わりにトレーニングしに行こう。まともなサンタがいる場所なら、道場ぐらいあるでしょ？」

スヴァラの目は楽しそうなグループにしきりに惹きつけられる。リスベットも同じだったのだろう。ずっと昔のことだけれど、ダイヤモンド・カッターの刃のように鋭く思いだせる。普通の世界に手が届かない感覚。はっきりしたメッセージとともに、それはテレビの画面やクリニックの窓に映っては消える。おまえは変人《フリーク》だ、リスベット。フリークは仲間に入れられない。

「行こう」リスベットはスヴァラに言う。「あっちにスポーツ・ショップがあるよ。あったかい服を買ったほうがいいでしょう？　好きなのを選ぶといい、値段は気にしなくていいから。福祉局がまたお金を送ってくれたの」

「やった」スヴァラは声をあげて、さまざまな色とスタイルのダウンジャケットをなでる。

そのとき初めて、リスベットはスヴァラの服装のことを考えた。いや、それは少し大げさだ。大きく口をあけたスニーカーの底、ふくらはぎまでしかないジーンズを見たときにも考えたけれど、そのときは若い子のファッションはすごいと思っただけだ。

「これもよさそう」リスベットは言う。「あとこれも」

チェルノブイリに降る放射性物質のように、記憶が雨あられと降ってくる。

「ジーンズとセーターはどれだけあっても困らない。セーターはいる？」

「もうすぐ学校へ戻らなきゃなんだ」スヴァラは言う。「テストがあるから」

「なんのテスト？」

「歴史。ノルボッテン地方の歴史」

「歴史が好きなの？　王位継承の順番とか、将軍とか、年表とか？」

スヴァラは質問を理解していないかのようだ。「学校で習う科目のなかで、たぶん歴史がいちばん大切だと思う。歴史を知らなかったら、未来のこと理解できる？」

「かしこい言葉だね」リスベットは言う。〝この子が十三歳なんて。三十三歳でしょ〟

「パソコンも必要でしょ」リスベットは言う。「あと新しい携帯も」

「パソコンはほしいけど、携帯はこれでいい」

「新しいのに換えてもデータはぜんぶ使えるよ。写真も」

「いまのやつを使っとくほうがいい」

第三十章

「ちょっと外に行ってくる」スヴァラは言って、パソコン画面に流れる数字と記号に夢中のおばを残して部屋を出る。

雪はまだしんしんと降っていて、スヴァラは積もった雪をかきわけサンタの郵便局まで歩く。

〝寒くなんてない。足だって〟

郵便局は混みあっていて、かわいい動物のぬいぐるみを抱いてポストカードを買う人がたくさんいる。イタリア人の一団とガイドのそばをしばらくうろつく。ガスカスの中学校では、選択できる第二外国語はドイツ語だけだ。だからスヴァラは、アプリを使ってイタリア語、スペイン語、中国語、ロシア語を学んでいる。まだ基礎レベルだが、ときどきわかる単語がある。まわりに溶けこもうと最善を尽くす。家族でここに来たかのように。

「すみません」窓口のエルフに声をかける。「サンタクロースあての手紙はどこに届くんですか？」

「あなたもサンタさんに手紙を書いたの？」エルフが尋ねるが、スヴァラは答えない。「手紙はここに届くの」エルフは言う。「手紙はぜんぶサンタとその作業場のエルフたちが読むの。それから特別な棚にしまっておく。どこの国から来たの？」

「南アフリカ」スヴァラは言い、エルフはガラス扉がついた南アフリカ用の棚を指さす。

「鍵がかかってるんだけど、あなたの手紙がちらっと見える？」エルフは言う。「それか新しいのを書いてもいいいよ」

そんなことは望んでいない。サンタの郵便局が存在し、手紙がちゃんと読まれていることを確かめたかっただけだ。スヴァラはその場を離れ、クリスマス・ハウスへ向かう矢印に従う。

木の階段が上の階までうねうねとつづく。スヴァラはもう子どもではないし、そもそも子どもだったことなど一度もないが、それでもサンタクロースと会うのは少し緊張する。やっぱりそれは特別だ。

そう、写真を撮って会話を録音し、USBメモリに保存してもらいたい。

スヴァラはサンタの隣の椅子に腰かける。少しのあいだ、ふたりは黙って座っている。サンタと比べると、スヴァラはとても小さい。サンタは風邪をひいている。

「いつも手紙を書いてるの」スヴァラは言う。「ひょっとしたらわかる？　スウェーデンのスヴァラ」馬鹿な質問だ。知っている可能性などまずないが、サンタはうなずく。

「きみのことは知ってるよ。サンタはなんでも知っている」

「神さまみたいに」スヴァラは言う。

「神さまみたいに」サンタは答える。

「じゃあ、あたしのママがいなくなったのも知ってるよね」スヴァラは言い、サンタはまたうなずく。

「どこにいるか教えてくれる？　せめて生きてるかだけでも」

「小さいころ、まだほんの小さなエルフだったころ、わたしの母もいなくなった。だからきみの気持ちはわかる」

「帰ってきたの？」

サンタは時間をかけて答える。「希望を失うことはなかったよ」サンタは言う。「すると突然姿を現わして、またうちに戻ってきた」

「どこへ行ってたの？」

「長い旅行だよ。もしかしたら、きみのお母さんも旅行に行ってるんじゃないかな？」

サンタがママの居場所を知らないのはよくわかっていたが、それでも話していると気が楽になる。次の質問を考える。サンタは洟《はな》をかむ。

「お願いしてもいい？」スヴァラは手をポケットに入れる。

「もちろん。サンタに会ったときは、なんでもお願いしていい」

「これを渡したいの」スヴァラは手づくりのグリスマス包装紙につつんだ長方形の箱を取りだす。

「あなたに。でもクリスマスまであけちゃだめ」

「もちろんあけやしないよ。わたしはサンタだからね。さしあたりここに、ほかのプレゼントといっしょに置いておこう」

「そうじゃなくて、家に持って帰ってほしい。何度も手紙を書いたのに、一度も返事をくれなかったでしょ。それぐらいしてもらわなきゃ」

サンタは居心地悪そうに身体を動かす。また洟をかんでグロッグを飲む。あるいはサンタクロースが飲む何かを。

「わかった」サンタは言う。「そうしよう。約束する。名誉と良心にかけて」

スヴァラは名誉と良心のことをよく知っている。ぺーデルがよく言うように、ちょっとした脅しをかけておいて損はない。

「もし忘れたら、こっちにはあなたの動画があるからね」スヴァラは椅子から立ってサンタの肩を軽く叩き、おだいじにと言う。

おかしなことだが、サンタは本当にスヴァラを知っていた。サンタクロースを務めるのは、この秋が初めてだ。高校時代とその後、ジャーナリストを目指して勉強するあいだはずっと、冬休みのたびにサンタ・ランドでアルバイトをした。たいてい手紙を開封してそれを読むのが仕事で、ときどき返事も書いた。父がスウェーデン人なので、スウェーデンからの手紙を担当していた。

意外だろうが、サンタへ手紙を書くのは子どもより大人のほうが多い。貧困、離婚、治療法が見つかっていない病気、孤独の悲しい物語。サンタが最後の頼みの綱だ。

できるかぎり返事を書く。きっとうまくいくと。希望さえ失わなければ、最後にはすべてうまくいく。それ以上のことはできないのだから。

だが、あの少女の手紙はほかとちがう。あの子が書いてくるのは手紙ではない。詩だ。

その詩に彼は笑い、そして泣く。何より特別なのは彼女の言葉で、まるで文学史上の傑作から出てきたかのようだ。非常にすぐれた書き手。アマチュア詩人である彼にはわかる。手紙に返信できればいいのに。いつも最後は〝スヴァラ・H〟と締めくくられ、住所は書かれていない。

だから彼は、やや大胆なことをしていた。詩の写真を撮って、スヴァラ・Hという筆名で自分の作品にしていたのだ。はじめは個々の単語やフレーズだけだったが、やがて詩の全篇を。フィンランド語に翻訳までして――それを考えると恥ずかしくてたまらず、席を外してトイレへ駆けこまなければならない――出版社へ送り、刊行を承諾されていた。数週間後には詩集が書店に並ぶ。ああ、なんてことだ、衣装のなかがたちまち汗びっしょりになる。ひげがちくちくして、眼鏡がこめかみに食いこむ。

自分はまがい物だ。少女の詩を盗んで自分のものにした救いようのない大馬鹿者だ。トイレの扉を勢いよく閉め、階段を駆けおりてサンタ広場へ出るが、レンタルのスキースーツ姿の観光客のなかに、紫がかったグレーのダウンジャケットとピンクのニット帽を身につけたスヴァラ・Hはいない。

「こんにちはサンタさん、いっしょに写真を撮って」英語で声をかけられて、あの子を見つけるチャンスは確実に潰《つい》えた。たしかにサンタクロースは架空の存在かもしれない。子ども時代の空想の人物。そりで世界を飛びまわり、プレゼントを届ける。だが、ここサンタクロース村では実在の人物だ。みんなのまんなかに立ち、細い肩に腕をしっかりまわして、携帯電話のカメラに父親のような笑顔を向ける。

言われたとおり、その日の終わりには箱を家へ持ち帰る。イーリ・ベリィストレームがそれをあければ住所が見つかるかもしれないが、やめておく。自分の行動の結果は自分で引き受けなければならない。詩集は刊行させてもらう。願わくばフィンランド語だけで。

スヴァラはマリメッコの店の窓から彼を見ている。サンタの上着をスカートのようにはためかせ、男は階段を駆けおりる。誰かを捜している。スヴァラはそのまま身を隠しておく。あの箱について、彼が考えを変えるといけないから。

第三十一章

ミカエル・ブルムクヴィストは自動販売機で十クローナのコーヒーを買い、図書館についてサロに話さなければと思う。

人口二万、やがて三万になろうかという自治体の図書館にしては、ばかばかしいほどお粗末だ。地元の資料がある歴史コーナー。小説コーナーには詩、エッセイ、伝記、短篇集、ファンタジーまでがいっしょに並べられている。ミステリにはしっかりスペースが確保され、それと同じくらいの棚がロマンスにも割かれている。残りの少なくとも半分は児童書とヤングアダルト本で、そこだけはまともだ。さらにLGBTQ＋の本が棚半分。このすべてが小さなリビングルームとさほど変わらない空間に詰めこまれている。

新聞コーナーは、ややましなようだ。

ほかの図書館と同じように、机や肘掛け椅子にぽつぽつ人がいて、新聞や雑誌を熱心に読んでいる。

ミカエル・ブルムクヴィストは一紙だけあったストックホルムの新聞を取り、川と警察署が見える机の前に腰をおろした。

昼間なのに、なんてどんよりしているのだろう。なんて人が小さく見えるのか。なんて大きな役場を建てたのか。こんなところで、いったいどうして人が暮らせるのか。そう思いながらコーヒーを口に運び、窓の外の日常生活を眺める。

警察署から女が出てくる。ミカエルはその女を目で追う。風が吹いて髪が顔にまとわりつく。ポケットを探る。髪をひとつにまとめてきつく結ぶ。凍ったところで足を滑らせ、バランスを立てなおして携帯電話を取りだす。

これが小さな町の暮らしなのか。匿名性がない。どこへ行っても、暇をもてあましたろくでなしがカフェ、ガソリンスタンド、車、図書館にいて、珍しい切手でも見るかのように虫眼鏡で周囲の世界を凝視している。

ミカエルはあたりを見まわす。おそらく誰も、傷のついた右頬に茶色の前髪がかかったこのよそ者を見逃していないだろう。。髪を目から払いのける仕草。ここの気候には薄すぎるコーデュロイの上着。トナカイのなめし革バッグが唯一の贅沢品で、値段は給料二週間分。元首相ヨーラン・ペーションと同じ贅沢品だ。

グレーのコートの女が警察署へ入る。グレーのスーツの男が出てくる。待て。この男はどこかで見たことがある。ミカエル・ブルムクヴィストが頭のなかを掘り起こすと、さまざまな記憶がよみがえる。記憶のなかには、筋肉をひきつらせるものもある。股間が痛くなるもの。腕がむずむずするもの。頬が赤くなるもの。背中がこわばるものもある。通りの男は腕がむずむずするやつだ。

ハンス・ファステ。おそらくスウェーデン最悪の警察官のひとり。唇に笑みを浮かべ、ふんぞり返って警察本部から出てくる。なかへ入る女のためにドアを押さえることはなく、おそらく女には気づいてもいなくて、身体障害者用駐車スペースにぶしつけにとめた車へ足早に向かう。

ソーニャ・ムーディグとヤン・ブブランスキーの同僚。あとあの男の名前はなんだったか。クルトなんとか。たぶんスヴェンソンだ。

ただそれらの人物はみな、まったく別の人間の前衛部隊にすぎない。

その女は警察官ではない。

警察官になどなるわけがない。

ヴィーガンがミートボールを嫌うように社会を嫌い、ミカエルの過去と永遠に結びついた人物。リスベット・サランデル。

はじめは少なくとも週に一度はメールを送っていた。日常が忙しくなると、おそらく月に一度ほど。最近はクリスマスイブに一通送るだけだ。返事はない。だからといって、彼女のことを考えないわけではない。うしろ姿が目にとまる。髪が彼女を彷彿《ほうふつ》とさせる。だが彼女ではない。そんなはずがない。

新聞はひらかず、メッセージを送る。

ハイ、リスベット、ひさしぶり。ノルボッテンのガスカスにいて、いまハンス・ファステを見かけた。きみのことを考えた。最近どうしてる？　M

わずか数秒後に着信音が鳴り、ミカエルは心底驚く。

あの馬鹿のお相手がんばって。また。リスベット

何を期待していたのか。とくに何も。人差し指が次のメッセージを送りたがるが我慢する。とにかく、いまでも同じプリペイド携帯の番号でつながることはわかった。

どこかでいまも生きている。それさえわかれば、おそらく充分だ。

「やあ、こんにちは。こんなところでお目にかかるとは」

しらふで、散髪したばかりで、以前にもましてふさぎこんだ男。元公安警察のＩＢだ。

「ああ、どうも」ミカエルは言う。「会えてうれしい。調子はどうです？」

「ぼちぼちだ」ＩＢは言う。「文句は言えない」

ただでさえどんよりした日なのに、さらにどんよりした日になりうるらしい。

「見つかったのはマーリンじゃなかったんだよ。振り出しに戻る、だな」

「でも、よかったじゃないか」ミカエルは言う。「少なくとも娘さんは生きている可能性がある。座ってください。コーヒーは飲みます？」

「ああ、ありがとう」ＩＢは新聞を自分のほうへ向け、声を出して笑う。

「こいつらは、まったく変わらんな」

「どうしました？」ミカエルは尋ねる。

「目新しいことじゃない、それは確かだがね、トーマス・デ・デウスがやらかしたようだ。彼と妻とが」

ミカエルは見出ししか読んでいなかった。そのふたりのことだったのか。だがそもそも誰が気にかけるというのか。スウェーデン民主党が国政に参入して以来、並大抵のことではスキャンダルにならなくなった。同党が〝ヒヒ〟と呼ぶアフリカ難民への街頭襲撃に参加した人物が、その後、党の司法政策担当者に据えられても誰も驚かない。自宅のパーティーでナチス式敬礼をし、その直後に党の学校担当になっても同じく問題にされない。どうして許されているのかわからないが、ドナルド・トランプが嘘をつき、中傷発言をして、さらにはその場に足を運びもせずに連邦議会議事堂を群衆に襲撃させられるのと同じで、スウェーデン民主党はすべてを堂々と否定することで躍進している。

あれはナチス式敬礼ではなく、高い棚にあるものを取ろうと手をのばしただけだ。武装していない難民を殴り倒したのではない。恐怖にぞっとして死にそうだったのだから、純粋な正当防衛だ。

だが最悪なのはやつらではない。ミカエルもある意味では理解できる。たとえいまわしいものであれ、やつらには使命感があり、情熱を燃やすたったひとつの大義がある。最悪なのはほかのやつら、つまり主流の政治家どもだ。新しい公約をつくるまでしか公約を守らない既存政党だ。

〝スウェーデン民主党と連立を組むなどありえません〟と言っていたのはつい最近のことなのに。

有権者の意見がソーシャルメディアで形成される時代に、政治家が長期的な視野を持ったり内省的になったりできないのは理解できるが、それでも政治家の節操のなさは嘆かわしい。もっと意志を強く持つべきだ。もう少しミカエル自身のようになるべきだ。見ばえのする新しい考えを片っぱしから受け入れるのではなく。

新聞の見出しは、キリスト教民主党のトーマス・デ・デウスと妻のエッバがシェアする愛人についてだ。三人が送りあった写真をハッカーが入手し、金を払わなければメディアへ送ると脅迫した。デ・デウス大臣は支払うことにした。ほかより神にやや近い場所にいる人間なのに、天国の門で足止めをくらうリスクを冒したくなかったからだ。この世の人生では、牧師としての地位と国会議員としての信頼を失うことにもなる。

ハッカーはよろこんで金を受けとり、写真を〈本日の真実《ダーゲンス・サニング》〉のウェブサイトへ転送した。そのウェブサイトが写真を公開して、ほかのメディアにも拡散したのだ。

その愛人はかなり興味深い人物でもある。デ・デウスは、犯罪に対する強硬措置と難民割り当て数の厳格化を支持して名をあげた。ところが愛人は故殺で有罪判決を受けた男であり、強制送還されて再入国を生涯禁じられる予定の人物だった。それにもかかわらずその男は、シスタの新築高層マンションの最上階の快適な部屋でいまも暮らしている。

「お粗末な記事だ」ミカエルは言う。「記者はどれだけ怠け者なんだ？　もうちょっと深掘りして、十回ほどグーグル検索して何本か電話をかければ、ずっと詳しい記事が書ける。デ・デウスは十五年前にもやらかしてる。あのときはレイプだ。少女はみずから命を絶って、デ・デウスは証拠不充分で無罪放免になった」

「さすがはジャーナリストだ」ＩＢは言う。「この記者たちより自分のほうがましだと思うわけだね？」

「いえ、でもぼくならもっと肉づけするな。断片で終わらせずに」

「そうは言うが、きみは目と鼻の先で起こっていることを見逃している」ＩＢは言う。

「というのは？」ミカエルは言う。「おもしろそうだ」

「ヘンリィ・サロだよ。どうしてあのピエロを誰もすっぱ抜かないのか、理解に苦しむね。やつだけじゃない。やつの汚れた手についたサワークリームをなめている、ガスカスの腐敗した政治家や役人みんなだ」

「怒ってるみたいだね」ミカエルは言う。

「怒っている」ＩＢは言う。「やつの思いどおりにことが運んだら、この町で千百基の風車がぶんぶんまわることになる。この森全体が工業用地になってしまうわけだ。ガスカスの住民には、森の恵みを享受する法律上の権利があるにもかかわらずだよ。われわれは全リソースを結集させてグリーン産業を守る――政治家たちは口をそろえてそう言う。サロは鉱山への愛を堂々と告白してさえいる。必要悪と考えているわけですらなくて、愛しているんだ。サロとその取り巻きには、はるかに大きな意味があるからな」ＩＢは話をつづける。「新しいノルランドへ道をひらいた者として、歴史に名を刻みたいわけだ。でも、それは新しいノルランドなどではない。申し訳ないがね、サロさん、おてんとうさまの下ではこの世に新しいものなんてほとんどない。いまも五百年前と同じ、昔ながらの搾取者、強奪者、欲得ずくの植民者が大声を張りあげているだけだ。唯一のちがいは、国王が銀、トナカイの皮、サーモン釣りなんてことを気にかけていないことだな。関心の中心は環境問題にある。国王にもはや力がないのは、きわめて残念なことだよ」

「そんなにひどいのかい？」

「ひどいどころじゃない。きみみたいなのは〈フラッシュバック〉の掲示板は読まんだろうね」

「ときどきしか」ミカエルは言う。「だが、公共の土地を開発する決定は、サロひとりでは下せないだろう？　自治体政治はそんなふうには進まない」

「そうか？」ＩＢは言う。「では、どう進むのかね？」

「まあ、政治的な意思決定によってだよ。役人が議案を提出して、議員がそれを承認するか却下する。つまり民主的に選ばれた政治家が。サロを独裁的支配者としてやり玉にあげるのは、ややこじつけのような気がするな」ミカエルは言う。

「だが、政治家、役人、ビジネスマン、銀行家がみな同じ紳士クラブのメンバーで、そこで物事を決めていたら、腐敗という言葉が頭に浮かばんかね？」ＩＢは言う。

「なんの話です？」

「〈虎の牙団〉。聞いたことは？」

「いや」ミカエルは言う。「ライオンズ・クラブなら。使ってない眼鏡と使用期限切れの薬を集める団体だ、たぶん。だが、虎の牙団は聞いたことがないな」

「サロがきみの義理の息子になると聞いたが」汚い言葉を口にするかのようにＩＢは言う。「やつは最上級メンバーのひとりだよ。ひょっとしたらトップかもしれない。集会に参加したいと頼んでみるといい。参加希望者を招待することもあるからな。サロといえば」ＩＢは言う。「マーリンの失踪にやつが絡んでるのは確実だ。証明はできんが、わかっている」

ＩＢはただの民間人ではない。公安警察を引退したばかりだ。警察関係者を知っている。単純に娘を見つけたくて希望にすがりついている、とても不幸な父親かもしれないが。

「じゃあ、サロの犯罪者プロファイルはどんなふうに考えてます？」ミカエルは尋ねる。

「腐敗していて、自尊心が低く、二重人格で、共感力が欠如している」

ミカエルは口笛を吹く。「うちの娘はすごいのを捕まえたらしい」

「冗談を言いたければ言っていればいいがね」ＩＢは言う。「取材の手がかりを伝えておこう。マーリンのことだが、実はうちの子だけではないんだ。この数年で、かなりの数の若者が姿を消している。マーリンの行方がわからなくなった数ヵ月後、あの子のおばが携帯電話を見つけて警察に提出した」

「おばさんは直接警察に届けたのかな？　それともあなたに？」ミカエルは尋ねる。

「わかったよ、わたしにだ。それでわたしから警察に届けた」

「で、サロはそこにどう関係してるんです？」

「携帯にはメッセージが残っていて、その位置情報がサロの自宅の場所と一致していたんだ。すでに家は買っていたが、まだ引っ越していなかった」

「そこから、マーリンの失踪にサロが関係していると思うわけですね？」

「そのとおり。偶然のはずがない。サロにはどこかうさんくさいところがある。やつの手は毒液でごしごしこすられていてもおかしくない」

ミカエルは腕時計に目をやる。十分後にペニラと昼食をとることになっている。

「その位置情報はいまも持ってます？」

「ああ」

「ところで、いい本を借りましたね。スティーグ・ラーソンとミカエル・エクマンの『スウェーデン民主党――国民運動』。ずっと昔に除籍本になってると思ってましたよ」

「当時と同じぐらいいまも重要な本だ。それに来年はここで選挙がある。スウェーデン民主党が町議会に入りこむと賭けてもいいよ」


屋内マーケットのタコスバーに腰をおろしてペニラを待っていると、IBからのテキストメッセージが届く。ミカエルは町議会事務局の電話番号を検索し、サロにつないでほしいと頼んだ。

「やあ。ちょっと聞きたいんだが……きみのビジネスマン・クラブ、虎の牙団の次の集会がもうすぐあるだろ？　それって、ぼくもついていけるかな？」

「いけません。推薦者がふたり必要ですからね」

「きみと、あとは……？　ひさびさに男ばかりで時間を過ごせたら楽しいと思うんだ。正直なところ、そういった場がとても恋しくてね」

「わかりましたよ」苛ついた声でサロは言う。「これから席を外さなきゃいけないんです。できることを考えてみますよ」

何かにつながるとは思えないが、ミカエル・ブルムクヴィストは探りを入れるものを見つけた。それに、権力と栄光の扉へと足を踏みいれられるかもしれない。アーメン。

本当にひさびさに、ほんのわずかの興奮を覚える。

第三十二章

スヴァラは親友を見つけたらしい。トナカイの毛皮を羽織り、そりで身体を寄せあうふたりの少女を見ながらリスベットは思う。ふたりは同い歳だ。メイという名のこの子は、スヴァラに何かの影響を与えている。スヴァラが話をしている。リスベットは聞き耳を立てる。男子や音楽など、ティーンエイジャーが普通話すようなことは何も話していない。本について語りあっている。本ですらないかもしれない。文学だ。

「あれはちょっと長すぎると思った」ジェイムズ・ジョイスの『ユリシーズ』についてメイが言う。

「あたしも」スヴァラが言う。「でも想像してみて。もし短すぎて、あのすごいセンテンスが省略されてたらって」

「たしかにそうだね」メイはフィンランドのチョコレート・ウェハース・バーを半分渡す。

「謝謝《シェシェ》」スヴァラが言う。この子ならこの午後で中国語を身につけたって当然だ、そう思いながらリスベットは毛皮を引き寄せる。ギリシャ系中国人との距離も近くなる。

近い。脚が触れあっている。というか、男がわざとそうしている。

「かしこい娘さんだね」ロンが言い、リスベットはまだ家系図の自分の位置を説明する気力がない。本当のことを言えば質問される。それは勘弁してもらいたい。

「今年初めてのツアーですよ」そりのドライバーが声をあげる。若い男で、幅の広いベルトにナイフをぶら下げている。

「熊を狩りにいくの？」

「およそ四十五分のそりの旅にお連れします」男は言う。「静かに風景を楽しむのがおすすめです」

雪の勢いが弱まり、代わりに出てきた控えめな太陽はもうすぐ沈むだろう。コスタス・ロンには美を語る語彙《ごい》がふんだんにあるようだ。たしかにポストカードのように美しい風景だが、リスベットは仕事のことを考えていて、考えるのをやめたときは、プレイグからのメッセージのことを考える。

［もうちょっと調べてみた。ペーデル・サンドベリはクラウドに写真を保存してる。写真を撮るのが好きらしい］

［児童ポルノ？］

［いや、別のたぐいのヤバいやつ。やつは痛みに興奮する。他人の痛みにね］

写真のなかにカミラそっくりのブロンド少女はいる？　リスベットはそう書いたが、送信前に削除し、［ファイルをコピーして］と書きなおす。

［完了］

リスベットがスヴァラを見ると、スヴァラはメイを見ている。真剣な表情がたちまち笑顔になり、スヴァラはカミラのコピーではなくスヴァラ自身になる。この子は普通の人間のなかには居場所を見つけられないかもしれないが、うまくいけば社会ののけ者のなかにも居場所を見いださずにすむかもしれない。危険な綱渡りだ。リスベットは身をもって学んだ。生きるか死ぬかの人生になると、あとに退く選択肢はない。リスベットはいやというほどそれを知っている。

〝何をしようとしていたのか、わかっていたのですか?〟。ずっとあとにインゲおばさんから質問されるだろう。〝いえ〟。リスベットは答える。〝でも選択肢がなかったから〟。また同じこと。はじめは火と戯れる女。いまは選択肢のない女。哀れだ。

やる気のないトナカイが曳くそりは、ゆっくり進む。あまりにも遅いので、$E=mc^2$のローレンツ因子は適用されない。リスベットがうとうとしかけていると、脚を手でなでられるのを感じる。

「何してるの?」それを払いのけずにリスベットは言う。

「疲れてるのなら、しばらく休んでるといい」ロンは言い、引きつづきリスベットの身体にゆっくり手を這わせる。

「あの子たちのことを考えて」リスベットは囁く。「ふたりがこれについて生物の時間に習ったのは、せいぜいセイレーンの歌声に誘惑される海神ぐらいでしょ」

「北京ダックがおすすめだよ」ロンが言う。二時間ほどのち、四人は中華料理店に腰をおろしてメニューを見ている。

リスベットはおすすめを却下する。「まともなピザを出せないんなら、せめてステーキにフライドポテトとベアルネーズソースを添えたやつぐらい食べさせてほしい」リスベットは言う。「ガーリックバターは絶対いらない」

四人は、まるで相席になったふた組の客のようだ。

「かわいいお嬢さんだね」ロンが言う。

「そちらも」礼儀正しく応じなければと、リスベットは言う。

「ふたりは同じコテージで寝たいんじゃないかな」リスベットは言う。「わたしたちのところ、ふた部屋あるから、ひと部屋使ってもらっていいけど」

〝何言ってんの、リスベット。こんなこと望んでないでしょ〟

〝望んでないかもだけど、誰かにいてほしいの〟

タクシーに乗り、途中でポテトチップス、お菓子、炭酸飲料を買ってコテージへ戻り、ふたりは〝娘〟たちにおやすみを言ってドアに鍵をかける。

「フィンランド式サウナ、入ってみる?」リスベットは尋ねて、ヒーターの操作パネルをいじる。

「ぜひ」ロンは言う。「入ったことないな」

サウナがあたたまるまでのあいだ、ふたりはシャンパンのボトルをあける。いや、そうしようとはしたけれど、リスベットは代わりにコーラのボトルをあけた。

「シャンパンは過大評価されてる」リスベットは言う。

「コーラもね」ロンは答えて、どんな仕事をしているのかとリスベットに尋ねる。

どんな仕事？　どれだけ個人的なことを答えるべき？　歯科医？　そのふりをするのは簡単だ。歯科医が何をするか、誰でも知っている。でもこの男は若いころ歯科医だったかもしれない。

「プログラマー」リスベットは言う。〝事実からそこまでかけ離れてないし〟。「マイクロソフトのアップデートを開発してるの。わたしの専門はワード」〝そんなこと、言う必要ある？〟

リスベットは服を脱ぐ。まずジーンズ、次にTシャツ、最後にショーツ。すべて同じ山に積まれる。ブラはつけていない。

連れはシャツのボタンを外し、脱いだものをコートのハンガーにかける。折り目に沿ってズボンをきれいにたたんで、トナカイ革のクッションにきちんと置く。その上に、なくさないように靴下をそろえて置く。靴下の上に下着も。

〝うるさい、サンタ。笑うな〟

サウナのベンチに触れたふたりの肌は燃えるように熱くなる。わずか数分でロンがギブアップする。

「さしつかえなければ」ロンは言う。「そろそろもう……」

ロンは苦しんでいる。もう少し苦しめてもいいとリスベットは思う。

「サウナは健康にいいの。心臓にいい」

「失礼」ロンはふらふらと出ていく。

体面を保つためにリスベットはさらに数分サウナのなかで耐え、そのあとシャワーを浴びにいく。

ロンは死人のようにベッドに横たわっている。

「生きてる？」

「たぶん」

「あまりタフな男じゃないのね？」

「そうみたいだ」

リスベットはロンの隣に横になる。照明を消すと星明かりが灯る。

「すごいな。屋根がガラスでできてる理由がわかったよ。娘たちもここにいたらよかったのに」ロンは言う。「世界のどこにいても、あの子たちは星座をぜんぶ見分けられるだろう」

「わたし、スヴァラの母親じゃないの」リスベットは言う。

「知ってる。メイに聞いた」きれいにうしろになでつけていた髪が、いまは軽くウェーブして顔にかかっている。リスベットは彼をほとんど見ていない。身体としてしか見ていない。おそらく許容範囲内の身体として。

「どうした？」

ロンはやさしい指先でリスベットのこめかみをなでる。

「何も」

リスベットの視線の端に、ガラスの天井一面にこぼれた水彩絵の具のようなものが広がっている。

「見て」リスベットはロンの顔を空へ向けさせる。

「すごいな」ロンはリスベットの頭を自分の肩にのせる。「オーロラの下で愛しあう？　それともそのまま見ている？」

「見てる」

「わかった」ロンはリスベットの身体をさらに引き寄せる。

彼のにおいには不思議な何かがある。リスベットは新鮮な空気のようにそれを吸いこむ。彼の手にも不思議な何かがある。その手は、懸命に働いてきた腕についている。タトゥーが目にとまり、指輪に気づくが、だからといってなんなのか。彼が既婚の暗殺者だろうが、今夜は知ったことではない。

〝馬鹿なことはしないでね〟部屋をわかれるとき、あの子にそう言われていなければ。

リスベットは手を押しのけるが、それはすぐに戻ってくる。手だけではない。〝こっちへおいで、ドラゴン・タトゥーのかわいい子〟。口、舌、歯、ペニス。道徳が性的興奮に勝利を収めたことなどあるだろうか？　男はリスベットをうつぶせにし、首のうしろを噛む。両腕を押さえつける。ドラゴンの背中に全体重をかけ、ライオンの咆吼《ほうこう》とともに押し入る。彼が所有者。彼女は所有物。


オーロラが舞っていた空は翌朝、花崗岩のように灰色になっている。ライオンは、いまは去勢された飼い猫だ。どうだっていい。ただの身体だ。

「昨日は悪かったね」ロンは結婚指輪をひねる。「シャンパンを飲みすぎてしまったようだ」長く退屈な結婚生活のことを聞かされず、リスベットはほっとする。

ロンがようやく出ていくと、リスベットはいつもの回数に腕立て伏せを二十回、腹筋を百回追加する。黒帯二段になるには、あと四つの型と基本が必要だ。リスベットは結論を出した。あの子の、あるいはその母親の身に何があったとしても、もううんざりだ。金銭的には死ぬまでここでサンタと暮らすこともできるが、もう心を決めた。どれだけ楽しそうに聞こえるとしても、ティーンエイジャーに引きずりまわされて暮らすのは無理だ。家へ帰るのが待ちきれない。家具、ティーンエイジャー、ギリシャ系中国人の男、ありとあらゆるクリスマスの道化から解放された、三百二十平方メートルのひとりきりの家へ。

第三十三章

「あの人と寝たの？」ガスカスへ戻る車で、スヴァラが尋ねる。

「あんたには関係ない」

「結婚してるんだよ」

「それはあっちの問題だから」

ふたりはずっと無言で、トルネオーとハパランダのあいだの国境にさしかかる。

「オーロラは見た？」沈黙を破ろうとリスベットが言う。

「もちろん。でもどうやってあれが起こるか知らないでしょ」つっけんどんにスヴァラが言う。

「知らないけど、あんたは知ってるんだろうね」

「うん、物理の授業ちゃんと聞いてるから。オーロラは、荷電粒子が磁気圏で一定の高速度に達したときにできるの。荷電粒子はたいてい電子なんだけどね、それが磁気圏で分子や原子とぶつかって、分子や原子のほうは電子からエネルギーを得る」

「スピードやってる電子ね」リスベットは言う。「それくらい馬鹿でもググればわかる」

スヴァラはリスベットを見て首を横に振る。「あたしのほうが大人みたいだよね。まあいいや。あんたの比喩を使うなら、身体からエクスタシーが抜けたら光子《フォトン》が形成される。フォトン、憶えてる？」

「日本のベッド」

「フトンじゃなくてフォトン。説明しなきゃいけない？　どっち？」

「じゃあ、して」

「フォトンは電磁放射線によって運ばれる最小のエネルギー量で、たとえば原子が高エネルギーから低エネルギーへ移行するときに現われる。そのプロセスで、オーロラのいろいろな色が形成されるの。そっちの世界を引き合いに出すなら、レイヴ・パーティーのストロボライトみたいなものって言えるかもね。青はめちゃくちゃ珍しいから、昨夜は空以外のことに気をとられてなかったらいいんだけど」機嫌は悪いが、青い光への興奮は抑えられない。「二〇一〇年のモスコセル」スヴァラは言う。

「青がいちばん最近観察されたのはね。ガスカスからそんなに遠くないとこだよ」

「ガスカスっていえば、あんたの母親の借金のことを考えてたんだけど。何か知ってる？」

「何も。ママがいなくなってから、あのならず者たちがやってきた。あいつらに言われて家に侵入させられたんだけど、金庫をあけても空っぽだったんだ」

「怪しい。金庫が空っぽなら、どうして侵入させるの？」

「あたしにわかるわけないじゃん」

「つくり話みたい。金庫ってそんなに簡単にあくものじゃないでしょ」

「数と関係してるから。なぜかあたしには数が見えるの。ていうか感じるんだ。うまく説明できないけど。頭のなかが切りかわるみたいな感じ」

「それなら、数学の成績がCっておかしいんじゃない？」

「うざい質問ばっかするって先生に思われてるから。できないふりしてる」

〝ちょっと学校訪問の必要があるかもしれない。クソ野郎の喉に電卓をぶちこんでやる〟

チーズ増量のまともなピザを二枚食べたあと、ガスカスへ移動をつづける。そばではカリックス川がクロコダイルのようにゆっくり蛇行している。川幅が広くなる場所では、小島に一軒家が点々とある。赤い小さな家で、四隅の柱は白く塗られていて、下水が通っていないから屋外トイレがついている。完璧な隠れ家。眺めがよくて、陸と接していない。

「パパってどんな人だった？」スヴァラが言う。突然の質問だが、予期していなかったわけではない。

「大きかった。無口。ほとんど知らないの。あんたは？」リスベットはなんとか口にした。「父親のこと、何か憶えてる？」

「たぶん」スヴァラは言う。「肩車してもらった。髪につかまって。黒い髪」

「髪は白」リスベットは言う。「あんたみたいに」

「じゃあ白だったのかも」スヴァラは言う。「二歳のときにいなくなった」

〝生まれる前だと思うけど〟

泥のような家族アルバムをかきまわすなかで、スヴァラは〝おじいちゃん〟はどんな人だったのか知りたがった。

〝サイコパス。暴力によろこびを見いだす。生まれたときに窒息死させとくべきだった豚野郎〟

「両親はわたしが小さいときに離婚したの」リスベットは言う。「たまに訪ねてきた」

「あたしがググれないと思ってる？」スヴァラは言う。「あんたの人生、半分はたどれるよ。オンラインの連載みたいに。あの人のことを話したくないのはわかるけどさ、どんな気分だったかやっぱり知りたい」

「どんな気分だったかって、いつのこと？」

「ガソリン爆弾を投げつけたとき」

「同じことをペーデル・サンドベリにしたいわけ？」

「たぶん」

リスベットは待避所に車を寄せてエンジンを切る。今回の旅で二度目だ。フロントガラスがたちまち雪に覆われる。マイナス四度。まだ五時すぎなのに外は暗い。

「オーケー」リスベットは言う。「ググったわけね。でもオンラインや新聞の情報がぜんぶ正しいわけじゃない」

「もちろん。情報源を確認するのは得意だし」

「わかった」リスベットは言う。「ザラチェンコについて書かれてることは、ほとんどが本当のこと。あんたのおじいちゃん……わたしの父は……すぐ母さんに暴力を振るったの。怒りを人にぶつけたくなるたびに姿を現わした。この場合は母さんにってことだけどね。あまりにも頻繁に、あまりにも強く殴ったから、母さんは脳に障害を負ったの。妹とわたしは隣の部屋にいて、それをぜんぶ聞いてた。短くまとめるとそういう話」

こんな話をするのは危ういかもしれない。だが、この子はただの子じゃない。〝やつに仕返しをしたとき、どんな気分だった？〟「誰もする覚悟がなかったことを、わたしがしただけ。母さんを救おうとしたの。どんな気分だったかは憶えてない。必要だと思っただけよ。やらなきゃいけなかった。ほかに解決策があればよかったけどね。説明するのはむずかしい。最近は福祉局ももっとうまく家族を手助けしてくれるのかもね」もうすぐ雪に埋もれそうな車のなかに、うつろな言葉が響く。「それにね、ペーデルについて何を考えてるかは知らないけど」リスベットはつけ加える。「ほかの仕返しの方法もある。仕返しを望んでるのなら」

「たとえば？」スヴァラは尋ねる。

「警察、刑事司法制度」急激に冷えていく車内に、さらにうつろな言葉が響く。リスベットはまたエンジンをかける。トレーラーが大きな音を立てて通りすぎる。ラジオの音が聞こえはじめた。スヴァラがそれを切る。

群れをはぐれたトナカイが一頭、防獣フェンスの道路側を通る。車が背後にとまる。

「あたしも同じ。仕返し自体がしたいわけじゃない。ママを救わなきゃってだけ」

「何から？」リスベットは尋ねて、闇の核心へ迫る。

「ママはペーデルをはめて、あたしを救おうとしてるんだと思う」

「あまりうまくいってないみたいね」

「うん」

北へ来てまだ数日なのに、シティ・ホテルのバーへ足を運んだのはずっと昔のように感じる。ホテルのバーの赤毛の女も。

前と同じスイートルームにふたりでチェックインする。バーには客がいない。スヴァラは気乗りしないようすであとからついてくる。

「オーケー」リスベットは言う。「人生はクソだけど、いつだってエクササイズがある。空手はやったことある？」

「汚い言葉で悪態つくの、やめてもらえません？　ううん、したことない」

「わかった。ルールその一。すべての空手は一礼ではじまり、一礼で終わる」

「ロンに教えてもらったの？」

この子のなかには説教好きなおばあさんが住んでいる。

「中国人がやるのはカンフーでしょ。ギリシャ人はなんだろう。レツィーナ（松脂風味の白ワイン）とか」

かかとを合わせる。つま先をひらく。両腕は身体の横へ。瞳に礼儀正しさを宿す。そして一礼。

一時間後にはスヴァラは四つの〝突き〟、三つの〝受け〟、ふたつの〝蹴り〟に加えて、最も一般的な立ち方を習得した。

「もう日本語で数も数えられるよ」

当然、この子ならできるだろう。

その日の夜、スヴァラはひとりで眠ることにする。おやすみも言わずに自分の部屋に閉じこもった。シラミのむずがゆさのように、不安がリスベットから離れない。計画が必要だ。本当に必要？　ただこの子を福祉局に引きわたして家に帰ればいいのでは？　期待されていた以上のことをすでにした。あの子はサンタクロースに会った。クソみたいな生活からつかの間の休息をとり、贅沢に浸った。新しい友だちをつくって青いオーロラを見た。リスベットにはなんの義務もないはずだ。だが、ひょっとしたらそのシラミは不安だけではないのかもしれない。あの子は当時へつながる橋のような存在だ。ずっと昔にリスベット自身が爆破した橋。

この子の唯一生きている親類がリスベットなのではない。その反対だ。

リスベットはコーラの缶をあけて背中に枕を当て、福祉局から預かった大量の書類のつづきを読む。まちがいだらけだ。この子はとんでもない天才なのに、その才能は福祉局のこんなコメントでつぶされている——「挑発的で反抗しがちと見なす教師もいる」。「人とかかわるのが困難」。狼たちの前にこの子を放りだしたら、想像以上にたいへんなことになりそうだ。ほかの選択肢をあれこれ考える。ストックホルムへ連れて帰る。無理。ガスカスのどこかの家族のもとへ無防備な状態で置いていく。子どもを収入源にすることしか考えない家族のもとへ。いや、これもだめ。

ファイルの書類にぱらぱら目を通す。母親。メッタ・ヒラクは近くに家族がいる。トナカイ飼いのサーミ人。兄ふたりと妹。父親は二年ほど前に死んでいる。母親、つまりスヴァラの祖母が、メッタとほかの家族のあいだを行き来していたようだ。サーミ人ということは、いとこやほかの親類もおそらくたくさんいるだろう。当然そのなかには、スヴァラを不憫《ふびん》と思う人もいるのでは？

「連絡は取ってみたんです」翌日、福祉局の事務所でエリック・ニスカラは言う。「いちばん最近では三、四年前でしょうか。みんなメッタやその娘とは一切かかわる気がないと、このうえなくはっきり言い切っています」

娘本人は窓の外を見ている。周囲の会話にはなんの関心もないようだ。パソコンを持ってきていて、それを膝に置いている。ときどき何かをタイプする。

「いい選択肢が見つかるまであなたといっしょにいるのは、まったく論外ですか？」ニスカラは言う。

リスベットも窓の外を見る。どう答えればいいのかわからない。

「無理と言ったら？」ようやくリスベットは尋ねる。

「緊急の受け入れ先を見つけられるといいのですが。うまくいかなかったら、スヴァラにはヒムラガーデンに数週間ほど滞在してもらわなければなりません」

「それはなんですか？」

「子どもと若者の保護施設だよ」スヴァラが勢いこんで言う。「すごいとこに決まってる。ドラッグのやり方を学べて、不法侵入ももっとうまくなる」

「素粒子物理学といっしょに勉強するにはおもしろそうだけど」リスベットは言う。

「うん、クォークとレプトンは退屈だし。そろそろ次のレベルに行かなきゃ」

「個室を与えられて、食事もすべて出て、宿題も手伝ってもらえますよ」ニスカラは言ってみる。

リスベットとスヴァラは、おもしろがりながらも冷淡な目をニスカラへ向ける。ふたりは見た目は似ていないが、どこか同じ空気を発している。ニスカラの権威はサウナのなかのアイスクリームのようにとけてなくなった。ふたりの目から見れば、おそらく彼は限られたリソースしかない哀れなソーシャル・ワーカーにすぎない。本人も思っているように。とくにマリーが出ていってからは。誰とどこにいるのだろうとニスカラは思う。当然、自分よりもいい相手にちがいない。家まわりの大工仕事をして、金曜のステーキとともに飲む酒は赤ワインのボトル半分と控えめ。週に四日は運動し、ヴァーサロペットの過酷なクロスカントリー・スキーレースで二百位以内に入る。

「緊急の受け入れ先を見つけるよう、最善を尽くします」ニスカラは言う。「だが、さしあたりアパートを手配できますよ」

「スヴァットルーテンで?」スヴァラが尋ねる。

「ええ」ニスカラは言う。「どうしてわかったんです?」

「ジェイムズ・ジョイスを読む人は、たいていそこに行きつくから」

「くだらない」リスベットは言う。「ホテルに泊まります」

第三十四章

　リスベットは閉店間際に売店へ滑りこむ。五分後にはランチディップとサワークリームを混ぜていた。

「4チャンネルで『キル・ビル2』をやるけど」リスベットは言う。「一作目は観た？」

「観てないと思う」

「じゃあまずそっちを観よう。このホテル、ネットフリックス観られるから。ベアトリクス・キドー」

「その人は……？」スヴァラが尋ねる。

「不死身の人間」

「ビルはちがうの？」

「ビルはちがう」

スヴァラは片目で映画を観て、もう片方の目で携帯電話を見ながらメッセージを打っている。何かいいことが起こっている。スヴァラの表情がやさしくなる。

「うれしそうね」リスベットは言う。

「うん。メイとメッセージのやり取りしてるんだ。クリスマスが終わったら、スウェーデンに来るかもって」

「ガスカスには来ないでほしいけど」リスベットが言うと、厳しい目を向けられる。

「ふたりが気まずいことになってても、メイとあたしにはどうしようもないんだからね」スヴァラは言う。

メイの何が特別なのか。リスベットは興味をひかれる。父親はとても凡庸《ぼんよう》なのに。スヴァラには友だちがひとりもいないようだ。ボーイフレンドは？

「関係ないでしょ」

「まあね。言っておくけどわたしたちは別々の部屋で寝たんだからね。あんたが言ってたとおり、あっちは既婚者だから」

「はいはい」スヴァラは言う。「ところで知ってた？　十七世紀には病人に羊の血を与えてたんだって」

「知らない。そんなに貴重な情報をどうして見逃してたんだろう」

「あっそう、あと若返り効果があると思われてた若者の血も。患者が突然死ぬまでね。いまは百をこえる血液型が知られてて、新しいのがどんどん見つかってる。自分の血液型、知ってる？」

「よくある型。あんたは知ってるの？」

「珍しいやつ、だと思う」

「入院したことないの？」リスベットは尋ねる。

「骨折したときだけ。鎖骨、肋骨、大腿骨、手首、頭蓋骨」日常生活の一部のように淡々と語る。

「障害があるから」

「先天性無痛覚症」リスベットは言う。「書類に書いてあった」

「あたしの書類、読んだの？　機密扱いだと思ってた」

「ああ、ごめんなさいね」リスベットは言って、エンドロールが流れているテレビを消す。時間を確認する。まだ遅くないし、そもそも水曜の夜は〝小さな土曜日〟（スウェーデンでは水曜の夜は土曜のようにリラックスして過ごすべきとされる）だ。

「ちょっと出かけてこようと思うんだけど、もしよければ」

「もちろん」スヴァラは言う。「遅くても十二時までには帰ってきなさい」

「はーい。何かあったら電話して」

「そっちもね」

第三十五章

リスベットはエレベーターでバーへおりる。生活がひっくり返った。生活だけではなく、自分の存在がまるごと。

これまでは自分しかいなかった。生活のなかに別の人間がいると、ほかのことは脇へ追いやられる。たとえば仕事。

もちろん、ふたりは友だちではない。リスベットが二部のアイスホッケー・リーグ〈アルスヴェンスカン〉でプレイする選手だとしたら、スヴァラはエリート・リーグの〈スヴェンスカ・ホッケーリーガン〉でプレイする選手だ。とにかくあの子はそう思っていて、実際そのとおりだろう。いろいろなことを知っていて、プランクトンを呑みこむクジラのように知識を吸収する。だが、スヴァラはまだ若い。経験が少ない。人生には理論どおりにいかないこともある。

人生はときにエロティックでもある。

ホテルのバーはすでに盛りあがっている。血気盛んな若者たちの声の大きさは、かなり前からまともなレベルをこえていたにちがいない。

リスベットはバーの端に立ち、トム・クルーズの同僚とアイコンタクトをとろうとする。トム自身は休みのようだ。

携帯電話を確認する。これも一匹狼から過保護な母親への変貌の表われだ。アルコールは飲んでもいい？　いきなりあの子が電話してきたら？

知るか。あと数週間でストックホルムへ戻れる。あの子もたまに訪ねてくるかもしれない。街に驚くだろう。アパートメント。風景。道場。ピザ。

リスベットの貧相なひとり暮らしにため息をつくだろう。

ミッケ・Bからのメッセージをもう一度読む。**ノルボッテンのガスカスにいる。きみのことを考えた。**

たいていクリスマスの時期にメッセージが届く。そのたびにリスベットはまずよろこび、それから……怒りに燃える。

とっさに思うのは携帯番号を変えようということ。五人以上に番号を知られたら変えろ。

スヴァラと福祉局の担当者、アルマンスキーで四人だ。

記憶がチェックインしてくる。ロイヤル・スイートを要求し、放りだされるまでそこに居すわる。ほかの人ができること、つまり過ぎたものとして忘れ去ることがリスベットにはできない。彼の名前を見ると、たちまち恥ずかしさが襲ってくる。彼を求めていた。当たって砕ける覚悟はできていた。

だが勇気を振り絞って会いにいくと、アパートの門から彼が出てきた。『ミレニアム』の女と腕を組んで。エリカ・ベルジェ。

〝それはあなたの性格の一部です〟。インゲおばさんは言う。〝ほかの人より、ものを忘れにくい人がいるのですよ。それにおそらく、ひときわすぐれた視覚的記憶もあるのでしょう。そのふたつは、たいていいっしょに現われますからね。聡明な脳は忘れにくい。そういう人は、悪霊に別の接し方をする必要があるのです〟

手が肩に触れる数秒前に香水に気づいた。だが、それでもびくりとする。

「ごめん、どうも、わたしだよ、イェシカ。憶えてたら」

前と雰囲気がちがう。メイクをしていない。もっと無防備。もっとオープン。

AIロボットのリスベット・サランデルは、イェシカ・ハルネスクを数秒間スキャンする。洗いての髪、マニキュアはなし、穿き古したジーンズ、袖の幅が広く、無造作ながらも計算しつくして裾をジーンズに入れたトップス。前回と同じブーツに、おそらく子どもたちの名前だろう、縦長の小さなネームプレートがいくつかついたネックレスと、サーミのものらしい銀の刺繍がほどこされた革のブレスレット。何が入っているのかわからない小さなハンドバッグ。オーバーサイズのパーカをカウンターの下のフックにかけ、バーテンダーの注意を惹こうとする。

「ひょっとしたらと思って来てみたの」イェシカは言う。「もしかしたら来るかもと思って。何飲む？　ジントニック？」

リスベットはコーラと言おうとするが、考えを変える。「ビール。大きくて冷たいやつなら」

「大きくてあったかいやつも、けっこうセクシーだけど」イェシカが言う。「ごめん」とつけ足して十五年ぶりに顔を赤らめる。「職場の冗談に汚染されてるんだと思う」

「仕事は何を？」リスベットは尋ねる。今回はそのへんの男のように振る舞ってチャンスを失わないようにしたい。

〝周囲に関心を向けるのです！　質問するのです！　それを受けてさらに質問するのです！〟

〝うるさいよ、インゲおばさん〟。リスベットはグラスへ手をのばす。〝今夜は黙ってて〟

「乾杯」イェシカが言う。「職業当てゲームしよ」

「図書館司書？」

「失読症だから」

「美容師？」

「近い。何かを〝切ったり〟もそこそこする」

「株式仲買人」

「それだけ稼げたら言うことなしだけど」

「それじゃあ、公共部門。看護師。看守。ソーシャル・ワーカー。駐車違反監視員」

「それをぜんぶ混ぜたら、答えが出るよ」

リスベットのなかに心地の悪い感情が広がる。逃れられない結論に近づいている。いったいどういうこと？　あの子のせいで判断力が失われているんだ。

「警察官」

イェシカはうなずく。

だめ、無理。福祉局に協力しなければならないだけでもさんざんだ。そして今度は警察官。自分の感覚をせいいっぱいまで広げてみる。警官と寝る？　そんなのは敵と寝るようなものだ。

「警察が好きじゃないのはわかるよ」イェシカが言う。

「ちがうの、誤解している」リスベットは言う。全身がここから逃げたがっているが、イェシカがそうはさせない。

「行かないで」イェシカは言う。「ここにいてほしい。別に詮索してまわってたわけじゃないの。名字すら知らないんだし。でも、ほかの人のことをググってたら、あなたの名前が出てきて。名前、写真……認める。読めるものはぜんぶ読んだ。〈フラッシュバック〉の掲示板もね」イェシカはつづける。「隠さなくていいから」

〝隠さなくていいから？　そう。わたしのことがぜんぶ公開されてるって、本当に思ってるの？〟。ふたりはリスベットの警察嫌いの核心に近づいている。警察だけではない。当局。弁護士。精神科医。リスベットのことを知っていると思っていて、自分は専門家だとすら考えているやつら。そしてここにもひとり。リスベットの人生をつまみ食いしてよろこぶグーグル検索者。かわいそうな被害者の拡大写真。法の外にいる子ども。怒りに燃えた少女。さらに怒りに燃えた女性。

イェシカは片手をリスベットの手に重ね、リスベットはその手をどける。

〝気持ちのなかにとどまるのです。いまこの瞬間に集中するのです〟。インゲおばさんはあきらめない。

何かを感じたいわけじゃない。バービーの脚を持つ背の高い赤毛の女とセックスして、家に帰りたいだけだ。だが、相手は警察官だった。

ふたりは無言で立っている。ビールを飲み終える。さらに二杯注文する。

「今晩、あなたがここにいたらいいなと思ってた」イェシカが言う。「前に会ってから、ずっと頭を離れなかったの」

「こっちはちがうから」

「そう、わかった、そうかもね。でもわたしは自分の感覚に従う」

「なんの感覚？」

「興味をひかれる相手についての。しょっちゅうあることじゃない。単調な暮らしだから。仕事へ行って、子どもたちを迎えにいって、家に帰る。夕食をつくって、子どもを寝かしつけて、いつものテレビ番組を観て、寝る。子どもたちがヘンケのところにいるときは残業する。家に帰ってきて、テレビを観て、寝る。ときどき妹に会う。ごくたまに父にも」

子どものことを除けば、リスベット自身の生活とそれほど変わらない。「わたしの名前を見つけたとき、誰のことをググってたの？」

「わたしの上司、ハンス・ファステ」

「ハンス・ファステ、あのゲス野郎ね」リスベットは言う。

「前任者が卒中になって。わたしがずっと代理を務めてたの。それでその職に応募したんだけど、ファステが採用されてこの秋に着任した」

「で？」リスベットは言う。

「ため息が出る」イェシカは言う。「たぶんね。わからないけど。仕事自体は得意なんだと思う。問題は、うちの部署ではみんなが自分の考えを話すのに慣れていて、上役風を吹かす人はいなかったこと。ファステはどんな意見にも文句をつけなければ気がすまないの。自分の口から出たものじゃなければ、どんな意見でも馬鹿にする。父親的な偉大なリーダーになりたがってるんだけど、くたびれた年寄りだと思われてる。もうしばらくは、やさしく接するつもりだけどね」

「なら、がんばって。あいつにやさしくできることとか、あまりないと思うけど」

「かもね。でも経験は豊富でしょう。重大犯罪班は新しい部署だから、有能なボスが必要だっていうわけ。あと小さな子どももがいない人。彼が引退するまでは我慢しなきゃ。どうしてそんなに彼のことを嫌ってるの？」イェシカは尋ねる。リスベットをまた会話に引きこむのがおもな目的で、答えはすでに知っている。

「ミソジニストでレイシストだから」リスベットは言う。「まあ、あなたの業界はそんな人ばっかりだけど。警官に求められる性質で上位につけてるんじゃない？　そこに知性と共感力の欠如をプラスしたら、スウェーデン人警官の見本のできあがり」

「そんなにひどくはないけど」イェシカはリスベットによる警察官の概括にほほ笑む。「少なくともうちの署ではね。もちろん下品な冗談はあるし、自分をタフだと思ってる男も多少はいるけど、大多数は仕事をきちんとこなそうとしてるまともな人だよ。レイシズムとミソジニーっていうのは、かなり極端かも」

「でも、その職に採用されたのはやっぱりあいつで、あなたじゃなかった」リスベットは言う。

「あなたは？　ここで何してるの？」イェシカは話題をほかへ移す。

今度はリスベットがため息をつく番だ。

「親戚の子の面倒を見てる。姪なんだけど、家庭が複雑で。でも一時的なことだから、すぐうちに帰れると思う」

「家はどこ？」イェシカが尋ねると、妙な目で見られる。

「ストックホルムに決まってるでしょ。もう一杯、ビール飲む？」

「ぜひ」イェシカは言う。「その前にお手洗いに行ってくる」

第三十六章

「やっとわかったぞ。おれの妻とヤってるのはおまえか。もっとましな趣味をしてると思ってたが」

リスベットが振りむいて見あげると、がたいのいい男が立っている。目は怒りに燃えている。

「人ちがいです」リスベットは言う。「あなたの妻が誰か知らないけど、どっちにしろいっしょにいないし」

「いないのはトイレに行ったからだろ。あいつはおれの妻で、レズビアンの変態と寝るようなやつじゃない」

レズビアンの変態は返事をする気にもならない。この手の愚かで嫉妬深い夫たちは、いったいどこから湧いてくるのか。特別な工場で孵化させられて、女性の生活をみじめにすべく戦略的に配置されるのか。それとも同じ欠陥のある遺伝子を持っていて、それが何度もくり返し複製されているのか。

「何を考えてるのか知らないけど」リスベットは口をひらく。「あんたがどんな気持ち悪いこと想像してるにせよ、わたしが誰と話すかはあんたに関係ない。それに妻を引きとめておきたいのなら、彼女にも指図するのはやめたほうがいいと思うけど」

「元妻ね」バーに戻ってきたイェシカが言う。「子どもたちは？　ヘンケ」

「それは」男はイェシカのあご先をつかむ。「おまえのちっぽけな頭で心配することじゃねえ。今週はおれの週で、子どもらはおれのもんだ」

ヘンケは酔っている。口答えしたらさらに厄介なことになるだけだ。イェシカは長年練習を積み、キレないように、声を荒らげないようにする術を学んでいた。しばらくすると、ヘンケはたいてい落ちつく。

「やめて」イェシカは彼の手をどける。手が三度目に戻ってくると、リスベットは我慢の限界に達した。人ごみと大声のなか、リスベットは背の低さを武器にしてヘンケとやらの股間を握る――遺伝子に欠陥のある男のユニフォームをスウェットパンツにしてくれた神に感謝しなければならない。そしてそれをひねりあげ、ヘンケはやがてつま先立ちになった。

「子どもたちは？　ヘンケ」リスベットは言う。

「彼女のとこ」食いしばった歯の隙間からヘンケは声を漏らす。

リスベットはさらに強くひねりあげる。いまは、この男の体格とホッケーのスター選手としての地位はなんの強みにもならない。あまりの痛みに咆吼し、警備員が駆けつける。

リスベットが手を離すとヘンケは身をふたつに折り、車に轢《ひ》かれた猫のような鳴き声をあげた。

「イェシカにかまうな」警備員がヘンケを通りに引きずりだす前にリスベットは言った。「じゃなけりゃ、次はそのあたりをぜんぶまとめて切り落としてやる」

リスベットはイェシカのほうを向く。

「痛みへの自律神経反射って、しゃれになんないからね」リスベットはビールを飲み干す。

「びっくりした」イェシカが言う。「あれって……えっと、あれって……とんでもなく馬鹿なことしたよ。こうなったらあいつ、あきらめないから」

「そろそろちゃんと線を引いたほうがいいんじゃない」リスベットは言う。「感じよくして仕返ししないから、ひどいことをされるんだよ」

「そうね。でも子どもが人質に取られてると、そう簡単にはいかないの」パーカを着ながら、イェシカは言う。ドアのほうへ数歩向かい、振り返ってリスベットを見る。

「来る？」


「ずっとあんなじゃなかったの」イェシカは言う。ソファに腰かけ、ふたりの前にはお茶と、ブラウン・ホエーチーズをたっぷりかけたビルナ手づくりの薄パンがある。

ああ、またか。男の振る舞いを弁解しようとするあわれな言葉。だって、ほんとにすてきな人なんだから。思いやりがあって寛大で、子どもの父親としてもすばらしい恋人としても、これ以上の人は望めない。何か疑問でも？

「少なくとも子どもを寝かしつけてくれた」イェシカはつづける。

「でも、子どもたちだけで放っておくって……普通の人はそんなことしないでしょ？」リスベットは言う。「とんでもない犯罪者だよ」スヴァラの名が意識をかすめる。スヴァラのようすを確かめなければ。少なくとも、なるたけはやく。でもスヴァラは子どもじゃない。いや、子どもなのか？　十三歳。十三歳のとき、リスベットは子どもじゃなかった。あの子ならベビーシッターなしでひと晩過ごしても問題ない。

フロアランプのきらめきのもとでは、イェシカの髪はいっそう赤く見える。抗うことはできない。サテン・テーブルクロスのフリンジのように指のあいだを流れるシルクを感じなければならない。イェシカの頭を引きよせてキスする。

コスタス・ロンは前戯だった。リスベットはいま、激しい欲望にとらわれている。手が女の身体を這い、曲線に入りこんで、服のなかへ潜る。警察官だろうが関係ない。彼女がほしい。むさぼり尽くしたい。彼女のなかに身を埋めたい。長い腕とバービーの脚に溶けこみ、氷の上で日なたぼっこするアザラシのように汗ばんだ肌の上を滑ってよろこびを感じたい。

イェシカはトップスを脱いでそれに応える。

ジーンズ、靴下、ショーツ、すべてが脱がれる。

口と口が触れる。歯がぶつかる。舌が絡まり、経験豊かな指が敏感なポイントと薄く弾力ある肉を見つけて、たちまちそれは充溢して湿り気をおびる。

「ママ。ママ！」

「なんだよ、クソ！」

「ジャックだ」イェシカはブランケットを身体に巻く。「目を覚ましちゃったんだと思う。どこにも行かないで。すぐ戻ってくるから」

リスベットはお茶をもう一杯注ぐ。一枚一枚、服が身にまとわれていく。

二階から音は聞こえない。レシートの裏に一行だけ走り書きして、玄関の扉を背後で閉めた。

外ではまた雪が降っていて、あたり一面がホイップクリームの層で覆われている。明かりのついた窓がいくつかある。履き古したスタン・スミスが許すかぎり早足で歩く。GPSによると西へ二・二キロメートル、雪のなかを歩く必要がある。アスファルトが見えているところはすべて走る。公園を突っ切る。オリエンス・ストアの角を曲がり、横断歩道で赤信号を無視して危うくバイクに轢かれかける。そのバイク乗りは、明らかにいまが冬だとわかっていない。リスベットは振り返ってその改造バイクを目で追い、レザージャケットの背中に焦点を合わせる。ケルト十字と斧。スヴァーヴェルシェー・オートバイクラブのエンブレムだ。悪がよみがえった。興奮が襲ってくる。場面が変わって舞台が北へ移ったのを感じる。

リスベット自身。ミッケ・B。ハンス・ファステ。スヴァーヴェルシェー・オートバイクラブ。すべてが同じ場所にいる。ストックホルムのどこかの区なら無理なく説明がつくかもしれないが、ガスカスで。ノルボッテンの内陸の辺鄙《へんぴ》な町で、人口密度は一平方キロメートルあたり三・四人。あとはひたすら森林しかない。

何かがつながっているにちがいない。

第三十七章

「おじさんクラブで楽しんできて」ペニラは言い、バスターミナルから一ブロック離れた石造りの建物の前で車をとめる。

「虎の牙団には女性部もあるけど」サロが言う。「きみにも入る権利はある」

「インテリアの話をして、紙を折ってクリスマスの星をつくるの？　遠慮しとく。ワクワクしすぎてどうにかなりそうだから。十一時に迎えにくるね。それより遅くなるならタクシーを使って」

建物は外壁の漆喰が塗りなおされたばかりで、窓ガラスには色がついている。

サロは、ミカエル・ブルムクヴィストを仲間に引きあわせるのに怯えていてしかるべきだ。そもそもミカエルはジャーナリストである。一度食いついたら、うまいネタは何があっても放さないだろう。

サロとしては当然、そのリスクを計算に入れている。だが考えれば考えるほど、これは望ましいことだと思えてくる。この記者は、本人に気づかれないようにこちらに都合よく利用できる。メディアを味方につけたら、戦いは半分勝ったも同然だ。

「見たままに受けとめてもらえば結構です」サロは言う。「ただ、ぼくのゲストだってことを忘れないでくださいね。ここで話されたことは外に漏れない。そういう決まりだとわかっているから、みんな安心なんです。とにかく、これまでの百十年間はそうでした」

「どれぐらいの頻度で集まってるのかい？」

「二週に一度です。アンデシュ・リエンスタッドとぼくがあなたを推薦しました。最低ふたりのメンバーからの推薦が必要ですからね。ガスカスの外の人を推すのは前例がありません。それは知っておいてくださいよ。ただ、さっきも言ったとおり、今夜はぼくらのゲストです」

「リエンスタッドっていうのは誰？」

「町立ガスカス会社のCEOです。地元ではコムナーラ・ガスカスボラーゲン、略してKGBと呼ばれてます」

スウェーデン公安警察とKGBが同じ片田舎にいるのか。おもしろくなってきた。

世界に扉が閉ざされる。もともと裁判所だった築二百年の石造建築物は、音も光も通さない。

「今夜はたくさん来てますね」サロは言う。「たぶん天気のためでしょう」人ごみのなかを移動してほかのメンバーに挨拶する。握手をしたり、うなずいたり、数人と会話を交わしたり。

「そろそろ血を飲んで棒につけた頭蓋骨を振るのかい？」ミカエルは小声で言う。

「フリーメイソンみたいですね」サロは言う。「うちはその手のことはしませんよ」

「じゃあ、何をするんだい？」

「集まって交流するんです。目を惹くものは指輪ぐらいですね」サロは自分の手を見る。シグネットリング。虎の牙を模したらしいシンボルがついている。「スポーツチームや自由教会に少し似ているかもしれませんね」サロは言う。「身なりを整えて紳士として集まる。濃い色のスーツ、明るい色のシャツ、ネクタイも必須です。そのほかは何もおかしなことはありませんよ」

結婚式用のスーツが荷物に入っていてよかった。

「てことは、紳士クラブみたいなもんだな」ミカエルは言う。

「そう呼んでもらってもかまいません」

「でも、いっしょにサウナには入らないんだろう？」

「そういうこともあります」サロは言う。

「虎の牙団をグーグル検索してみたんだが、何も出てこないんだ。妙じゃないか？」

「少し神秘的な雰囲気があるのは悪いことじゃありませんよ。たいていの人にはひらかれてます、ふさわしい態度を持つ男でさえあればね」

「でも、女性はだめ？」

「女はだめです。よかったじゃないですか。たしか、男の仲間が恋しくてたまらないと言ってましたよね。おばさんみたいに感じたことをおしゃべりするんじゃなくて、物事をどう進めるかを語りあうわけです」

「ぼくの親友には女性もいるけどね」少なくともいちばんの親友は、とミカエルは思う。どこに隠れているかは知らないが。北へ来てから十回は電話をかけたにちがいない。

〝エリカ・ベルジェです。メッセージを残してくだされば折り返します〟

〝やあ、ミカエルだ。せめて話そうとしてみることぐらいできないかな？　ごめん。電話してほしい。キス、キス〟

「男だって、ときにはかなりみっともないがね。女性の話題のほうがおもしろいことが多い」ミカエルは言う。

「メイクとインテリア」サロは言う。「そうですね、世界を前進させるのにとても有益だ」

「おそらく、きみとぼくはちがうタイプの女性と接してるんじゃないかな」ミカエルは言う。

「ぼくは女とはまったく付き合いがありませんよ。ピラを除いてってことですがね。彼女はほかとちがう」

集まったメンバーはまず、図書室に散らばる赤茶色のソファやライオンの脚がついたソファに腰かける。

「階層はあるのかい？」ミカエルは尋ねる。

「ええもちろん」小声でサロが言う。「見習いから徐々に上のランクにあがってくんです」

「で、きみは？」

「皇太子」

「で、それは？」

「上のほうです」

マスターがクリスタル・グラスをスプーンで叩き、ざわめきが静まる。

「ようこそ、みなさん」男は言う。「すばらしいことに、今夜は非常にたくさんの人が集まりました。

大勢からの要望を受け、イェンス・マクラーソンさんが答礼訪問にいらしています。今夜はスコットランドでいちばん生きのいいウイスキー生産地、スペイサイドの最高級品を存分に堪能してもらいましょう。だが、まずはゲストをご紹介します。ミカエル・ブルムクヴィストさん、どうぞ」

「えっと、どうも」ミカエルは立ちあがる。「今夜はここへ来られてうれしいです。娘のペニラと結婚する将来の義理の息子、ヘンリィ・サロのおかげです。ところで」ミカエルは何を話せばいいのかと戸惑う。「わたしはジャーナリストです。ガスカスへやってきたのは、いずれここで暮らそうと思ってのことです」

いま自分はなんて言った？　ガスカスで暮らすためにやってきた？　この神に見捨てられたみすぼらしい場所に？　まあいい、信じさせておけ。ともかく、みんなの口角は少しだけあがった。北へ移り住みたいストックホルム住人がいる。それは自分たちが認められているということにほかならない。

「ここ三十年間、わたしは『ミレニアム』という雑誌で働いてきました。ここまでは届いていないかもしれませんが、調査報道のきわめて重要な役割を前面に打ちだす雑誌でした……雑誌です。つまり権力構造、レイシズム、ネオナチズム、資本と政治の腐敗した結託といったテーマに焦点を合わせ、詳しい記事を発表してきたわけです。最近のテーマのひとつが、グローバルな気候変動です」ミカエルは聴衆をからかわずにいられない。

聴衆のひとりはあきれて天井を見あげ、ほかはあくびをする。

「いま『ミレニアム』にはポッドキャストしかありませんから、誰かをここへ呼んでライブ配信してほしければ、どうぞおっしゃってください」

冗談のつもりだが、誰も笑わない。

アンデシュ・リエンスタッドが手をあげる。

「虎の牙団のメンバーは、たいてい政治家とビジネス界やその他の組織のリーダーです。文化界のメンバーも数人いますがね。たとえば『ガスカッセン』紙の編集長ヤン・スティエンベリとか」リエンスタッドはミカエルにうなずく。「お尋ねしたいのは、あなたをメンバーに迎えたら、われわれに何を提供してもらえるのかです」

「そうですね」ミカエルは言う。「みなさんが何を求めているかによります」

「新しい人脈なんて悪くない」

おそらく礼を述べてすぐに立ち去るべきなのだろう。ゴシップや縁故主義《ネポティズム》には関心がない。だが、この集まりには何か興味を惹かれるものがある。いまここに座っているのはガスカス選り抜きのエリートたちだ。社長、役人、メディア、政治家、その他が、男ばかりで集まっておべっかを使いあっている。この集まりに片足を突っこんでおけば、おもしろいことをいくつかあぶりだせるにちがいない。

いつものように、サロはここでも毛色のちがう人間に見える。ペニラは何も語らず、サロはどこかおかしい。その理由はよくわからない。ルーカスのために調べてみよう。男しか受け入れずに沈黙の誓いを立てる閉ざされた組織は、いい出発点になるだろう。

「わたしの人脈は、みなさんのものとそう変わりません。おおむねストックホルムと海外のものというだけです。ほかに何を話せばいいのかわかりませんが、ひとつ言えるのは、調査報道ではタイミングも重要だということぐらいでしょうかね。しかるべきときにしかるべきニュースを見つけるのは、時宜を得たビジネス・アイデアを見つけるのとほとんど同じです」

ミカエルはとりとめのない話をつづけ、どうやら聴衆は満足したようだ。拍手を受けて腰をおろす。これで半分はなかに入れたはずだ。

「次はマクラーソンさんにお話しいただきます」マスターが言う。「そのあとはおおいに食べ、暗く陰鬱なこの夜に楽しめるだけ楽しもうではありませんか」

六種類のウイスキーののち、まわりに話を聞かれたくない人にはちょうどいいにぎやかさになった。ミカエルの隣にはリエンスタッドがいて、反対側の隣には町議会議長のトルベン・オロフソンがいる。

「ガスカスの地方政治には詳しくないんですが」ミカエルは言う。なんとでも答えられる質問だ。答えはどうやら単純らしい。

「それほど複雑ではありませんよ」オロフソンは言う。「社会民主党が安定多数を握っていて、経験ある政治家が経済産業界やその他の組織と緊密に連携している。失業率は低く、学校は国内のほかの場所と比べて非常にすぐれた実績をあげている。住宅も不足していないし、ホッケーチームはトップリーグへ昇格しようとしている」

「うまく運営されている自治体のお手本みたいだな」ミカエルは言う。まだおだてるつもりだ。できれば愚鈍な人間だと思われたい。

「もちろん問題もありますがね、迅速な意思決定で解決しています」オロフソンは部屋全体を身振りで示す。「政治は独立した存在ではなく、いわば市民に影響を与えるものはすべて政治なのですよ。市民と近ければ近いほど、いい政治ということですね。わたしはそう考えています」

「でもここにいるみなさんは、一般市民を代表しているとはとても言えませんね」ミカエルは言う。

「あるいはぼくの見当ちがいかな」念のためにつけ加える。

「直接代表してはいないが、間接的には代表しています。みんな雇用者、金融業者、スポーツのリーダー、建築業者といった人たちですからね。社会民主主義的な再分配政策と上流層をうまく結びつければ市民のためになる。わたしの考えでは、それにわが党の考えでも、われわれは経済産業界との緊密な結びつきを長年かけて築いてきたといっていいでしょう。当然、ストックホルムのようにはいかないでしょうが、先ほど言ったとおり、ここは人口のわりには失業率が低く、強力な経済を誇る自治体です。犯罪率も高くない。みんなまっとうに生きようとしているのですよ。仕事をして、厄介事は避ける」

「でも、スウェーデン民主党はどうです？」ミカエルは言う。「市議会に入ってきますかね？」この質問に、トルベン・オロフソンは声をあげて笑う。

「ガスカスは社会民主党の確固たる地盤ですよ。あとは左派から数人と、穏健党からひとりかふたり。スウェーデン民主党など取るに足らない。われわれはスコーネ県と同じ問題と格闘しているとは思えませんね。難民の受け入れは控えめで、実際に受け入れた人たちには手厚い支援を提供している。スウェーデンのほかの場所と比べると、犯罪率はいまも低水準です。そういうわけで、スウェーデン民主党が酸素を取りこむもとがないわけですよ」

「でも」ミカエルは言う。「新規のいろんな産業計画に数十億の資金が流入しだしたら、どうなると思います？　たとえば鉱山とか、風力発電所とか？」

「産業発展が犯罪の増加につながると示唆するものは何もありませんがね。むしろ逆です。みんなここへ働きにくる。低学歴の人も高学歴の人も。町の発展を次の段階へ進める準備はできていますよ。ところでペニラはとてもいい人ですね」声の調子を変えてオロフソンは言う。「ときどき会うんです、ああカップル同士でね。ペニラとうちの妻は仲がいいんですよ。もうすぐ結婚式だ。屋外での挙式にうってつけの季節とは言えませんがね、ノルボッテンの人間は天気にどんな目に遭わされようが慣れていますから」オロフソンは声を落としてミカエルに少し身をよせる。「サロがペニラといっしょになるのはいいことです。ペニラに出会って丸くなりましたからね。前よりもどこか分別がついたようだ」

「それはよかった」ミカエルは言う。「前はどうだったんです？」

「毅然としていて精力的、いまと同じようにね。でも気むずかしかった。怒っていた、と言ったほうがいいかもしれない。無理もないことだが」

「たしかに」ミカエルはサウナでの夜のことを考える。

「そのことに乾杯しましょう」トルベン・オロフソンは言う。「乾杯《スコール》！　結婚式で会いましょう」

ウイスキーと夕食のあいだの休憩時間に出席者が交流する。軽く言葉を交わして次の相手に移る。

ネットワークを蜘蛛の巣のようにイメージすると、明らかに誤解を招く。蜘蛛は決まったパターンに従って糸を紡《つむ》ぐ。巣に誰を捕えたいかをもとに動きはしない。

虎の牙団メンバーの動きが描く線をマッピングしたら、パターンがはっきり現われるだろう。重要人物がいる。サロはそのひとりだ。ＫＧＢのトップも。幹線道路へ向かう小道のように、そのふたりに線が収斂していく。

「風力発電所についての決定を見なおしてはどうかと思うんですよ」サロは言っている。「フォルトゥムはすでに主要な事業者です。オランダも。三社目の企業が、われわれのニーズに最もかなっていると個人的に思うんです。来年の終わりには建設をはじめられるというんだが、ほかの二社の着工日は少なくとも三年後です。結局のところ、町にとって何より大切なのは電力供給を確保することでしょう。プーチンが何を企てているか、わかったもんじゃない。ノルドストリームの破壊工作とか」

「そんなことはありえますかね？　だが電力は大事だ。完全に同意しますよ」

輪の外のほうでは人の流れはやや少なめだが、それでも着実にある。そこには、たとえばオロフソンとその同僚のレナト・スヴェンソンがいる。

そして〝重要人物〟のくくりの外にいるため、それほど人が集まっていない者たちがいる。たとえば、ドーグラス・フェルム。ペーパーフロー社のCEOだ。同社は湖畔の一等地にある製紙工場で、スウェーディッシュ・ウッド社の子会社である。

フェルムには人脈づくりから得るものが何もない。相手が政治家でも、役人でも、サプライチェーンの専門家でも、銀行でも同じだ。その種のことは部下に任せている。たとえばアレックス・ユング。出席者のなかで最年少の二十三歳であるにもかかわらず、花の咲いたクローバーに群がるミツバチのように事業主が彼を取りまいている。

同社は役場を除けば町で最大の雇用主であり、最もよく働き、最も要求が少ない者を選んで下請け契約を結ぶ。

ドーグラス・フェルムは芸術や文化といった深遠な価値のほうに興味がある。ミカエル・ブルムクヴィストのもとへ一直線にやってきて、上等の赤ワインをともにしながら『ミレニアム』の最終号について語りあえないかと言う。

「よろこんで」ミカエルは答える。「その前に化粧室へ失礼させていただきます」

〝化粧室へ失礼させていただきます〟。こんな滑稽なフレーズがいったいどこから出てきたのか。フェルムの影響だろうか？　虎の牙団のメンバーは気さくで、地元に根をおろしていて、あまり洗練されていない。たいていの人間と同じだ。ドーグラス・フェルムはまったく異なる存在である。服装、指輪、完璧に整えられた髪だけではない。カリスマがある。一部の指導者だけがそなえているたぐいのカリスマ性だ。挫折と成功どちらも経験すべく生まれてくるが、そこへたどり着くまでにクソのような仕事を経る必要がない者。ミカエルと同じく、この群れのなかでは彼もアウトサイダーだ。

ミカエルはトイレの扉を閉めてノートを取りだす。名前、見た目、空中を飛び交う言葉、ジョークを走り書きする。おそらくどれも重要ではないだろう。また、フェルムについてグーグル検索する。何について話すか予習するためにも。

一九六四年、イギリス王室属領のガーンジー島生まれ。父親はスウェーデン最大級の塗料製造会社の創業者で、その本社と工場がガスカスにある。八〇年代はじめに買収され、その後、工場はエストニアへ移転した。家族は？　妻と離婚。

二〇一七年からCEO。ミーミル鉱山会社の役員。初期のキャリアは、おおむね国際鉱業の分野で歩んでいる。

部屋へ戻ったときには、すでに前菜が出ていた。カリックス産のシロマスの卵がのったトースト。飲みたい人のために、ビールとシュナップス。席へ向かう途中で新聞社の編集長ヤン・スティエンベリに話しかけられる。

「ごあいさつだけと思って。いいお話でしたよ。前回の会合には、ヤン・エマヌエルが来ましてね。なんて男でしょう！　スウェーデン論壇で完全に過小評価されてますね。ところで、一流ジャーナリストが町にいるあいだに『ガスカッセン』へお越しいただいて、調査手法についてお話しいただけないかと思いまして。調査が苦手というわけではなく、むしろその反対なんですがね。刺激をいただければと。電話番号はサロに聞きますよ。今晩は楽しんでいってください」

〝女性を受け入れないのは残念だ。受け入れていれば、カタリーナ・ヤノウシュだって呼べたのに。なんて女でしょう！　スウェーデン論壇で完全に過小評価されてますね〟

フェルムはもっぱらワインと水を飲んでいる。どうやらそれが賢明なようだ。ウイスキーのテイスティングのせいで、ミカエルはいまも足もとがやや覚束ない。フェルムは『ミレニアム』のことを非常によく知っている。おもだった出来事をすらすらとあげ、知識に裏づけられた質問をする。

最も興味深い質問は、ふたりとも気になっている問題についてだ。リスベット・サランデルはどうしているのか。

十時半になり、ミカエルはそろそろ切りあげることにした。ペニラへメッセージを送り、タクシーで帰ると告げる。

［大丈夫］　ペニラから返事がある。　**［いま行くから］**

「デビューはうまくいった？」ペニラは言う。「いい出会いはあったの？」

「ああ」ミカエルは言う。「おもしろい夜だったよ。トルベン・オロフソンがよろしくって」

「ああ、そう、そうなの？」ペニラは言う。

「何かおかしなことでも？」

「ううん。いい人だし」

「彼の妻と仲がいいらしいじゃないか」

「仲がいいっていうのは、ちょっとちがうかも。わたしの上司だから」

「ユーモでの？」

「うん」

「サロとの関係は、ほんとのところどうなんだ？」アルコールで自信がついたミカエルが尋ねる。

「どういうこと？」

「特段どうってわけじゃないんだがね、ただ気になっただけだよ。ちょっと言い争いをしているようじゃないか。単純な父親として単純な質問をしてるだけだ」

「単純な質問？　正直なとこ、わたしがどうしてるかなんて気にかけたことなかったじゃない」

「かもしれないが、必要なときはいつだってそこにいたじゃないか。少なくとも金銭面ではね。ルーカスにはもっとうまく接したいと思ってる」そう言いながらも、ミカエルの心は別のところにある。

リスベットは返信してきた。おそらくもう一度メッセージを送るべきではないのか？

「じゃあおやすみ、パパ」玄関ドアを通りぬけるとペニラはミカエルをハグする。「ルーカスは友だちの家に泊まってる。よければ明日、学童に迎えにいってくれてもいいけど」ペニラの目の下にはくまができている。眠りたいのだと目つきからわかる。

「もちろん、そうさせてもらうよ」

父親なら誰でもそうだが、ミカエルも子どもの手助けをしたい。父親の多くがそうだが、ミカエルも何から手をつければいいのかわからない。

ペニラはすでに大人だ。ミカエルは、許されるかぎり長くペニラをハグする。

寝る前にミカエルはもう一度リスベットへメッセージを送る。

［話せない？］

第三十八章

リスベットはそのまま歩いてホテルへ戻るべきだったが、フードをかぶってベリエット工業団地へ向かう。

歩くと雪がきしむ。足の下で雪がざくざく音をたて、歩みは滑りやすくゆっくりになるが、雪の上に見えるものはとけると消えてなくなる。隠されたものを見つけたければ、時間を無駄にはできない。フェンスにたどり着くと、リスベットは双眼鏡を取りだす。グーグル・マップで見たこのエリアを詳しくすべて思いだそうとする。携帯電話をナビとして使うのは避けたい。メッタ・ヒラクを探すのなら、確実に両手が必要になる。行方不明者はオートバイクラブのろくでなしの手中にある可能性がきわめて高い。やつらの隠れ家は捜索をはじめるのにふさわしい場所だ。

門がある。おそらく夜は施錠されているだろう。双眼鏡ごしに、いくつも掲げられた看板が読める。ここはさまざまな企業が集まった工業団地だが、まるで普通の一軒屋のようにも思える。侵入者を極度に恐れる偏執的な家主の土地。

猛犬注意
防犯カメラで監視中
無断立入禁止
侵入者は罰せられます

それらに加えて古い標識がひとつあり、そちらは文字がいくつか消えかけている。

来訪者用駐車場は左へ
来訪者は守衛の詰所で記名のこと

おそらく製紙工場時代の名残《なごり》だろう。

カメラは見あたらない。注意書きはこけおどしかもしれない。その可能性に賭けるか否か。

ほかの選択肢としては、フェンス沿いに進み、穴をあけて裏から入ることも考えられる。

犬がいたり罠が仕掛けられていたりする可能性もあるが、考えないようにする。

〝ラブラドールだって自分に言い聞かせればいい。よだれを垂らしてのしのし歩いてはいるけど、フレンドリーなんだって〟

フェンスを挟んで、一列に並ぶ荒れはてた木の小屋に沿って歩く。フェンスの外は森の端に面している。ゆっくり進む。斜面になっていて、水気のある雪と腐敗した葉のせいで滑りやすい。

ひとつの小屋の端にたどり着く。次の小屋とのあいだには、かなりの間隔がある。リスベットはリスクを冒さない。ワイヤカッターを取りだし、通り抜けられる大きさの穴をあける。フェンスを曲げて元の位置に戻し、おおむね前と同じ見た目にする。

小屋の側面に扉がある。なかに入ることができれば、正面の窓から敷地全体の配置をもっとよく把握できるだろう。

そっと取っ手に触れる。施錠はされていないようだ。扉の上は動くが、下は角が引っかかって動かない。取っ手をつかんで全力をかける。いきなり扉が勢いよくひらいて、バンという音が敷地全体に響きわたった。すばやくなかに入って扉を閉める。じっと立って聞き耳を立てる。

犬の吠える声は聞こえない。人の声も聞こえない。聞こえるのはアドレナリンで脈打つ心臓の音だけだ。

落ちつけと自分に言い聞かせる。落ちつけ。携帯電話を取りだして、フラッシュライトで数秒だけ床を照らす。

その数秒で、あと二メートルほど奥に進んでいたらどうなっていたかわかった。床が崩れ落ちていて、底なしの穴の下には何があるのかわからない。

いろいろな死に方がある。リスベットが恐ろしいのは死そのものではなく、痛みでもない。時間だ。判断ミスによる時間がかかる無意味な死。

おそらくここに来たのも失敗だが、もう選択肢はない。いつでも警察に電話できるといえばできる。

つまりイェシカに。だが彼女は家で子どもたちと眠っていて、いずれにせよ電話に出ないだろう。これは自分のミッションだ。あの子の母親がこの敷地にいるのなら、それを見つけだすのが自分の仕事だ。

またライトをつけて手で光を隠し、床が持ちこたえられそうな正面の壁に沿って進むことにする。ゆっくり前進する。床板が体重を支えられるか、踏み出す足で確かめながら。数歩進んだところで足を止めた。天井のすぐ下の壁に窓が並んでいる。外からリスベットは見えないが、リスベットも外が見えない。しゃがみこんで床に手を這わせ、指のにおいをかぐ。おがくずだ。

いまもあたりは静まりかえっていて、聞こえるのは自分がたてる音だけだが、間もなく新たな問題がやってくる。夜明けの光。ここを立ち去る必要もあり、できれば人に見られずに出ていきたい。スヴァーヴェルシェー・オートバイクラブのメンバーなら、まちがいなくリスベットだと気づくだろう。やつらはずっと捜していた。リスベットは身を潜めることを余儀なくされた。だがその後、何年もの月日が経った。犯罪者の世界では、細胞は急速に入れかわる。多くは死ぬ。ほかは終身刑を受ける。いまのメンバーは、昔の面々とかならずしも同じでない。熱心な若い世代が自分たちでスタートアップ企業を立ちあげたのかもしれない。ブランド名を買いとって母体から資金を少し借り、より時代に合った新鮮で新しいビジネス・アイデアを見つけたのかも。

たとえばノルランドへ移り、十三歳の子に無理やり金庫をあけさせるというようなアイデア。

怒りに駆られてリスベットは前へ進む。ずっとこうだったし、これからも同じだ。

怒りが命を救ってきた。自分のものも、他人のものも。幸福な子ども時代を送るのに遅すぎることはない――インゲおばさんがいくらそう言っても、リスベットの役には立たない。

〝でも、あなたのしていることは、まさにそれではないですか？〟彼は言う。

どういう意味？

〝少女を助けることで自分自身を助けているわけです。彼女に責任を持つことで、ほかの人があなたにすべきだったことをしているわけですね〟

音がする。近い。リスベットは動きを止める。音は止まり、またはじまる。近づいてきて、それから遠ざかる。

リスベットが立っているのは、部屋の短いほうの壁際だ。つまり奥には別の部屋がつづいている。壁はつるりとしている。節穴や隙間はない。携帯電話のライトをつけると、それを最後にバッテリーが切れる。手は石膏で白くなっている。石膏の壁に耳をつけると、また音が聞こえる。音と、何かほかのもの。声。ふたりの声。ふたりの声と、何かのモーター音。

「――聞いてまわったんだが。何があったのか誰も知らないようだ」

「だがソニーが言ったこと、聞いただろ。あの女を見つけられなきゃ、おれたちはおしまいだ」

「なんでもかんでもソニーだ。ペーデルに仕事をさせれりゃいいのに。あいつの女だろ」

「昔の女な。ソニーは明日戻ってくる。その前に売女を見つけろ」

〝つまり、メッタはここにいない〟

「ガキはどうする？　ママがどこへ行ったか知ってるはずだが」

「知ってたとしても言いやしない。拷問にかけても、あいつにはなんの効果もなしだ。だがそうだな。

やってみる値打ちはある」

「昔のほうがよかったな。スヴァーヴェルシェーのやつらがここにいなかったころ。昔のギャングが恋しいよ。みんな幼稚園からの知り合いでさ」

「昔の仲間とガキと言えば。噂で聞いたんだが、おまえとブッダでちょっとした小遣い稼ぎをしようとしたそうじゃねえか。サロのとこへ盗みに入ったってな」

「してねえよ。あいつにはちょっかいを出すだけ無駄だ。いい家だが、役場の給料でギャンブラーじゃな。クソみてえな組みあわせだ」

「ハハ、だろうな。だが、忘れずにブッダに電話しとけよ。金曜にパーティーがあるだろ」

「ああ。やつは自分のちょっとした商売にかかりきりなんだろ……」

声が遠ざかっていく。日の光が高窓から差しこむ。リスベットはやっと息をついた。

ソニー。あいつしかいない。クズ、女を憎むろくでなしの人殺し。死ぬまで刑務所にぶちこまれてほかの囚人にヤられ、最後は自分の排泄物で窒息死すべきやつだ。だがいまは明らかに生きてピンピンしている。

チャンスがあるときに仕留めておくべきだった。〝ごめんインゲおばさん、でもやりなおしのチャンスを与えられる価値のないやつもいるの〟。あの男を救ったのはまちがいだった。いや、本当にそうだろうか？　タイミングを待ちつづけるうちに、やつは忽然《こつぜん》と姿を消した。まあ、どっちでもいいが。

やつは、ほかのやつらのようなクソの山ではない。さらにひどい。

入ってきた扉へ向かい、床の穴のところで足を止めて暗闇をのぞきこむ。階段の残骸が地獄へまっすぐつながっている。

どうして人生はわたしを放っておいてくれないのだろう。

どこへ行っても、どの方向を選んでも、過去のその部分はいつも追いついてくる。

〝だから通いつづける必要があるのですよ。昔の出来事とまだ折り合いをつけられていないのです。

でも、わたしがお手伝いできます〟

〝ごめん、インゲおばさん、いまはあなたの方法が役立つとは思えない〟

〝戦闘の準備を整えるのです、リスベット。あの子の安全を確保して、この場所を去るのです〟

第三十九章

結婚式の日。結婚式の時間。ベッドのサロの側はあいている。ペニラはしばらくそこに横たわり、感情がやってくるのを待つ。本当ならベッドの端に腰かけて歓喜しているはずだ。わたしは今日結婚するんだ、しあわせ。だが川にかかる濃霧のように最近の口論がいまも空中に漂っている。おそらく口論だけではない。疑念。

彼の声。メッタとかいう女への、ろれつのまわらない口でのつじつまの合わない言葉。〝本来なら、きみとぼくだった〟

尋ねるタイミングを見はからってきたが、それはやってこない。いずれにせよ、正面きって否定されるだろう。浮気？　ぼくが？　ああペニラ、聞きまちがいに決まってるよ。

ルーカスを起こしてシャワーを浴びにいく。床に座り、湯が身体にかかるにまかせる。最初のデートから一年以内に結婚すべし、という法律があったほうがいい。愛が最高潮に達していて、未来が明るく感じられるとき。すべてが下り坂へ向かいだす前に。

ゲスト。親、親類、友人。おもにヘンリィの友人だけれど。ときどき夕食に誘う人たち。ガスカスの町を背景に、ゆっくり時間が流れる。自分は親切なもてなし役を務める。もうあとにはひけない。

ドアがノックされる。

「ちょっと待って！」ペニラは身体にタオルを巻く。「何？」

「いいからあけてくれ」

ヘンリィ。待ってくれてもいいのに。

今日はなんの日？　今日はなんの日？　今日は普通の日じゃないよ、ペニラの結婚式の日！　万歳、万歳！

巨大なバラの花束を腕に抱えて新郎を見る。髪はまだワックスで整えられていない。背中一面に筆で描いたような傷の網目模様がある。首筋。木こりの手。笑顔で立ったまま小便をし、それが便器の縁に飛び散る。

「気分はどうだい、ピラ？　誰もがずっと忘れられないパーティーになる」

「メッタって誰？」

「どうしてそんなこと聞くんだ？」

「答えて」

「青春時代の恋人だよ。家が近所だった」

「じゃあもう会ってないってこと？」

「ずっと昔の話だよ」

サロは大きな音をたてて便座の蓋を閉め、ペニラの背中を軽く叩いてひげ剃りを取りだす。

じゃあ花嫁を狙うのか？

成り行きしだいだ。ガキを優先しろ。

婚礼の行列は岩々のあいだを抜けて蛇のように曲がりくねって進み、やがてストール滝の先端に着く。雷鳴のように響く水の音のもとで結婚する。「はい」と言うか「いいえ」と言うか、司式者のほかには聞こえないだろう。

ノルボッテン地方を訪れたことがない人、つまりほとんどの人のために言っておくと、ストール滝の急流は手を加えられていないものとしてはヨーロッパ最長の滝だ。五キロメートルもの距離にわたって、八十二メートルの高低差をすさまじい勢いで水が流れ落ちる。冬にはマイナス四十度まで気温が下がる極寒の地だが、滝が氷に覆われることはない。

十七世紀には、人びとはピーテ川に材木を流して海まで運ぶときにここへ来た。大量の水の力で材木が砕けないように、そばに別の水路がつくられた。ドーダ・ファレット、すなわち死の滝。

美しい場所だ。大きな岩の塊とシャモアの革のようになめらかな崖の岩肌を水が流れる。ペニラは死の滝での結婚を想像する。晴れた夏の日、岩のあいだにホテイラン、アツモリソウ、リンネソウが花を咲かせるなかで。だが現実には、どんよりした十月に車椅子用の木製スロープで結婚式をあげている。スロープには手すりがついていて、下を激しく流れる大量の水から一行を隔てている。恐ろしい場所だ。ペニラは下を見ないようにする。

ヘンリィ・サロの典型的なやり方だ。息をのませる、と彼が言うやり方。ヘンリィは時間が許すかぎり頻繁に車でここへ来る。なんなら毎日。手すりによじのぼる。両脚で身体を支えて急斜面に身をのりだし、目は押しよせる激流に吸いこまれる。

ペニラは急流に背を向け、結婚式用に整えた髪の上にフードをかぶる。さっさと終わらせるのがいちばんだ。

この男を夫にすると誓いますか。

ペニラは顔をあげて見る。視線を移動させていく。櫛でうしろになでつけられ、自由を求めて格闘している前髪。その下の目は泡立つ水にじっと注がれている。ありえないほどハンサムな顔。そして彼の頭のなかへ。

彼のなかの少年。自分が見つけようとしているのは、その少年なのか。糊でくっつけた幾層もの性格の下に、ときどき姿をのぞかせる少年。

「誓います」ペニラは言う。

「誓います」彼は言い、それは本心からだ。ペニラのほうを向いて、もう一度「誓います」と言う。まるでガラスごしに見ているかのように彼の心を見通す女性に。

それこそがサロの望みだ。ペテン師だと暴かれたい。もう仮面をすべて外したい。すべてあきらめて人生の下水道を逆方向へ進み、新たな子ども時代へ流れ出たい。異なる記憶とともに、同じ弟と。

ヨアルはどこかにいる。おそらくサロ自身と同じように、見ばえのする一匹狼として。バルク家の兄弟は昔から見た目がよかった。どんな子ども時代を過ごしたにせよ、ふたりからそれは奪われなかった。問題は中身だ。

サロはルーカスのほうへ顔を向ける。好きになろうと最善を尽くしている。だがこの子は繊細で、繊細な子たちには苦難が訪れる。

父親がサロたちを殴ったのは、かっとなったからではなく、懲らしめるためでもなかった。暇つぶしだ。週末の楽しみか何かのように。

〝神よ、この親譲りの欠点からルーカスをお守りください〟

式は終了。五時にバスへ戻る。

トナカイのフィレは薄くスライスしたバターのように口のなかでとろけ、スピーチが延々とつづく。いまは新郎から新婦へのスピーチだ。

「愛しのピラ」サロは言う。「ようやくいっしょになれた。ぼくらは曲がりくねった道を歩いてきた。足もとの石は、ひとつ残らず踏みこえる意味のあるものだった。きみは美しいだけじゃない。フクロウのようにかしこく、ルーカスにとってすばらしい母親でもある。末長くともに生きていこう」うんぬん。グーグル検索すればスピーチはすぐに見つかり、誰でも無料でダウンロードできる。ペニラはにっこり笑い、ほかのみんなも笑顔になるが、ルーカスだけは話を聞かずに真顔のままだ。

もともとミカエルの横に座っていて、反対側には祖母がいた。いまはミカエルの膝の上にいて、去年の夏、サンドハムンで網をしかけた日を思いだしている。太陽は昇りはじめたばかり。暑い日になりそうだ。夕方には鉄のフライパンで油を敷かずにニシンを焼いて、クリスプ・ブレッドにのせて食べる。

結婚式が〈ライモズ・バー〉でひらかれていたら、ほぼ確実にもっとカジュアルなものになっていただろう。酒とダンスのほうがヘンリィ・サロの流儀だ。イブニングドレスとスーツにまぎれて座り、この場に合わせてめかしこんでいる子ども時代の友人たちもまた、ほかの場所にいたいと願っていた。彼らは、本来なら狩りを楽しむ週末をサロのために犠牲にした。サロのことが好きだからではない。意地悪なろくでなしだった。だが町長になったので、知り合いだととんでもなく都合がいい。川でボートの係留場所が必要だったり、町営住宅への入居待ちリストで優先してもらいたかったりしたら、サロに電話すればいい。

だが、ディナーは悪くない。もうすぐ近くの〈ライモズ・バー〉へ向かう。あとはクラウドベリーのデザートをたいらげ、薄い女性向きのドリンクを飲み干すだけだ。

スピーチが途切れる。ペニラはトイレへ行こうとするが、気を変えて出口へ向かった。会場は蒸し暑い。外の空気を吸いたい。

花嫁が姿を現わした。出口へ向かってる。ガキも外にいる。両方捕まえるか？

待て。

「ママ」ルーカスが呼ぶ。「待って、どこ行くの？」

「どこにも」ペニラはドレスの生地でルーカスを包む。「なかはとても暑いでしょ、それだけ。ちょっと散歩する？」

「やだ」ルーカスは言う。「寒すぎる」ペニラはルーカスの髪をなでる。身を切るような風は止まって雨もやんだ。気温が下がり、寒くて空気が澄んでいる。森の上に銀色の月がかかっている。

〔下巻に続く〕

〔訳者略歴〕
山田 文
英語翻訳家　訳書『パリ警視庁迷宮捜査班　魅惑の南仏殺人ツアー』ソフィー・エナフ（共訳），『パンデミックなき未来へ　僕たちにできること』ビル・ゲイツ（以上早川書房刊）他多数

久山葉子
スウェーデン語翻訳家　訳書『ミレニアム6　死すべき女』ダヴィド・ラーゲルクランツ（共訳／早川書房刊），『スマホ脳』アンデシュ・ハンセン他多数

ミレニアム7
鉤爪に捕らわれた女〔上〕

2024年4月10日　初版印刷
2024年4月15日　初版発行

著　者　カーリン・スミルノフ
訳　者　山田《やまだ》 文《ふみ》　久山《くやま》葉子《ようこ》
発行者　早　川　　浩

発行所　株式会社　早川書房
東京都千代田区神田多町2－2
電話　03 - 3252 - 3111
振替　00160-3-47799
https://www.hayakawa-online.co.jp

印刷所　三松堂株式会社
製本所　三松堂株式会社

定価はカバーに表示してあります
ISBN978-4-15-210320-8 C0097
Printed and bound in Japan
乱丁・落丁本は小社制作部宛お送り下さい。
送料小社負担にてお取りかえいたします。

ミレニアム1（上・下）

ドラゴン・タトゥーの女

MÄN SOM HATAR KVINNOR

スティーグ・ラーソン

ヘレンハルメ美穂・岩澤雅利訳

月刊誌『ミレニアム』の発行責任者ミカエルと、背中にドラゴンのタトゥーを入れた型破りな女性調査員リスベットが、孤島で起きた少女失踪事件に挑む。幾重にも張りめぐらされた謎、富豪一族の深い闇、愛と復讐……世界に旋風を巻き起こした三部作の第一部。デヴィッド・フィンチャー監督映画化。解説／小山　正

ハヤカワ文庫

ミレニアム2
火と戯れる女
（上・下）

FLICKAN SOM LEKTE MED ELDEN

スティーグ・ラーソン
ヘレンハルメ美穂・山田美明訳

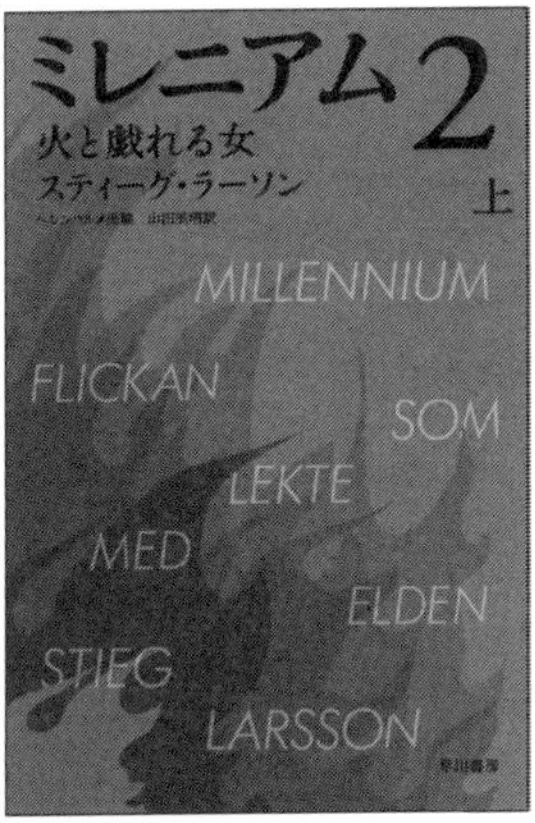

リスベットへの復讐を誓う者たちによって、彼女の拉致計画が動き始めた。そんな折り、人身売買・強制売春の調査をするジャーナリストとその恋人が殺され、リスベットがその容疑者に！　ミカエルは彼女と連絡を取り、奥深い事件を追うが……。リスベットの衝撃的な過去が明かされる激動の第二部。解説／北上次郎

ハヤカワ文庫

ミレニアム3
眠れる女と狂卓の騎士
（上・下）

LUFTSLOTTET SOM SPRÄNGDES

スティーグ・ラーソン

ヘレンハルメ美穂・岩澤雅利訳

重大な秘密を守るため、関係者の抹殺を開始した闇の組織。彼らはリスベットの口を封じるべく、卑劣きわまりない計画を実行に移す。だが、ミカエルは勇気と闘志に満ちた仲間を集め、巨大な陰謀に立ち向かう。やがて始まるリスベットの裁判の行方は？　今世紀最大のミステリ三部作、ついに完結！　解説／池上冬樹

ハヤカワ文庫

ミレニアム4（上・下）
蜘蛛の巣を払う女

DET SOM INTE DÖDAR OSS

ダヴィド・ラーゲルクランツ
ヘレンハルメ美穂・羽根　由訳

ミカエルは時代遅れの記者と非難され、雑誌『ミレニアム』は危機に陥っていた。そんな彼に、ある男が情報を持ち込む。人工知能研究の世界的権威バルデルが問題を抱えているという。リスベットが関係していると確信したミカエルは彼女へ連絡を試みるが……。『ミレニアム』三部作の待望の続篇。　解説／杉江松恋

ハヤカワ文庫

ミレニアム5（上・下）

復讐の炎を吐く女

MANNEN SOM SÖKTE SIN SKUGGA

ダヴィド・ラーゲルクランツ

ヘレンハルメ美穂・久山葉子訳

人工知能の権威バルデルの息子を救う際に犯した違法行為のために、リスベットは女子刑務所に収容された。凶暴な囚人ベニートが、美貌の女囚ファリアを虐待するのを目にしたリスベットは対決を決意するが……。リスベットのドラゴン・タトゥーの秘密がついに明かされる！　シリーズも佳境の第五弾。解説／霜月蒼

ハヤカワ文庫

ミレニアム6（上・下）

死すべき女

HON SOM MÅSTE DÖ

ダヴィド・ラーゲルクランツ

ヘレンハルメ美穂・久山葉子訳

ストックホルムの公園で、身元不明の男の死体が発見された。ズボンのポケットにはなぜかミカエルの電話番号が。ミカエルはリスベットに男の資料を送り、調査を依頼するが、そのころ彼女は双子の妹カミラを追っていた……。全世界一億部突破、今世紀最高のミステリ・シリーズ六部作がここに完結。解説／酒井貞道

ハヤカワ文庫

哀惜

The Long Call

アン・クリーヴス
高山真由美訳

イギリス南部の町ノース・デヴォンで発見された死体。捜査を行うマシュー・ヴェンは、被害者は近頃町へやってきたサイモンという男で、自身の夫が運営する複合施設でボランティアをしていたことを知る。彼を殺したのはいったい何者なのか。英国ミステリの巨匠が贈る端正で緻密な謎解きミステリ。解説／杉江松恋

ハヤカワ文庫

血塗られた一月

Bloody January

アラン・パークス

吉野弘人訳

刑事マッコイが囚人ネアンから告げられた少女射殺事件。それはグラスゴーを揺るがす〝血塗られた一月〟事件の始まりだった。捜査の中でマッコイは、自身と因縁のあるダンロップ卿が事件に関係していることに気づく。何かを隠す卿は警察へ圧力をかけ、捜査を妨害するが……傑作タータン・ノワール、ここに始動！